RECHERCHES

ET

OBSERVATIONS PRATIQUES

SUR LES PROPRIÉTÉS CURATIVES DES

EAUX THERMALES

DE

BAGNOLES DE L'ORNE

Par le docteur H. LÉDEMÉ

Ancien médecin inspecteur de l'établissement.

ALENÇON

E. DE BROISE, Imprimeur-Éditeur

PLACE D'ARMES

—

1867

AVERTISSEMENT

—

Les personnes qui me connaissent savent bien, sans que j'aie besoin de l'affirmer, qu'en publiant cet essai mon unique but est d'être utile aux malades; et en le lisant, celles dont je n'ai pas l'honneur d'être connu, s'en convaincront, je l'espère, aisément. Toute autre pensée est loin de moi.

Pendant longtemps, pendant près de 20 ans, j'ai occupé le poste d'inspecteur de la Source Thermale de Bagnoles. Je l'ai quitté volontairement en 1848; j'en suis devenu le médecin résidant ces deux dernières années; et depuis

35 ans je n'ai cessé d'y envoyer, d'y voir et d'y observer des malades.

Je n'en parlerai donc pas au hasard. Je consulterai l'expérience des autres, de ceux qui ne sont plus et qui m'y ont précédé ; de ceux qui vivent encore aujourd'hui et qui conservent l'habitude d'y envoyer leurs clients. — Je crois de la sorte pouvoir faire un écrit sérieux et durable.

Cette Source précieuse n'est pas assez connue, malgré l'éclat avec lequel elle vient de se répandre assez récemment. Je pense fermement qu'on peut faire mieux encore. Je cherche pour ma part à y contribuer. Je viens donc, dans cet ouvrage, m'appliquer à signaler et à distinguer les cas dans lesquels ces Eaux conviennent ; ceux dans lesquels elles sont indifférentes, et ceux même dans lesquels je les ai vu nuire. Je n'ai pas la prétention d'avoir tout vu, ni d'avoir tout dit. D'autres viendront après moi qui feront de nouvelles études, produiront de nouvelles observations, et c'est ainsi que par la succession des temps se trouvera fondée la connaissance parfaite de leurs propriétés curatives.

Je m'estimerais heureux, si tout en me renfermant dans le but que je me suis tracé, je pouvais croire un jour avoir concouru pour une faible part à la prospérité d'une Source si digne d'être plus appréciée, et d'un Etablissement Thermal digne aussi d'être encouragé.

Dr H. LÉDEMÉ.

Domfront, ce   1867.

CHAPITRE Ier

—

Du Site et du Climat de Bagnoles ; — de l'Établissement
Thermal et des Sources ; — de l'Action Physiologique
et Thérapeutique des Eaux.

———

La Source Thermale de Bagnoles est située dans
le département de l'Orne, arrondissement de Domfront, commune de Couterne ; mais l'établissement
se trouve disséminé par la circonscription admi-
nistrative des lieux, sur les deux communes de
Couterne et de Tessé-la-Madeleine, qui se touchent
en cet endroit.

Bagnoles nous offre la seule Source chaude que
l'on rencontre en Normandie, en Bretagne, dans
le Maine, dans l'Anjou, et même dans le bassin

de Paris ; c'est-à-dire que cette Source est au centre de près de 25 départements qui en sont dépourvus.

Il est désormais superflu de décrire ce site que chacun peut venir voir aisément, le plus beau, le plus pittoresque, le plus agréable et le plus varié de toute la Normandie, qui est elle-même la plus belle et la plus riche de nos provinces ; je me contenterai de dire qu'on trouve à Bagnoles tout ce que des personnes sensées et raisonnables peuvent désirer ; la salubrité de l'air y est on peut dire exceptionnelle. Jamais on n'y a observé d'épidémie. Le département de l'Orne est classé parmi ceux où la mortalité annuelle est la moindre et où la moyenne de la vie est la plus longue ; enfin on n'y a point encore vu le choléra, ce fléau meurtrier, qui tend à s'étendre partout. Tous les cas importés s'y sont éteints sur place et sans pouvoir se communiquer, preuve manifeste que ce milieu ne lui convient pas.

Il existe deux Sources Minérales à Bagnoles ; la première, la principale, est la Source *Thermale* ;

elle marque au thermomètre environ 25° centigrades. Son abondance est extrême, puisque Le Machoix fils, avait constaté par des expériences directes, qu'elle fournissait au-delà de 9,000 litres à l'heure ; mais, l'expérience qu'on vient d'en faire cette année, prouve que le rendement en est supérieur encore ; en effet, une magnifique Piscine de 20 mètres 25 centimètres de long, sur 5 mètres de largeur, de 60 centimètres de profondeur en haut, de 1 mètre 70 centimètres en bas, d'une contenance de 125,000 litres se remplit en moins de 10 heures.

L'analyse réelle de la Source Thermale n'a jamais été faite. C'est une lacune regrettable ; faire cette analyse serait un travail long, difficile et délicat, qui ne peut être entrepris fructueusement que par un chimiste de 1er ordre, spécial et compétent ; tous les jours nous voyons la découverte de nouveaux éléments dans des Eaux Minérales, jusqu'alors réputées, bien connues. Cela nous apprend donc combien est imparfaite et incertaine, même

au point de vue de la chimie, l'analyse des Sources
Thermales.

Je crois plus utile et surtout plus pratique, de
chercher par l'observation clinique à bien connaître
l'effet des eaux de Bagnoles, sur les malades et sur
les maladies ; et comme cette méthode me paraît la
plus sûre, c'est celle que je suivrai dans cet essai,
sans m'égarer dans des discussions scientifiques
sans but et sans portée, du moins, en ce qui con-
cerne les Eaux dont j'ai à m'occuper.

La seconde Source de Bagnoles n'a rien de com-
mun avec la première. C'est une Source froide *ferrugineuse,* et suffisamment abondante pour l'usage.
On la dit minéralysée par le sous-carbonate de fer,
et cette opinion me paraît probable, quoi qu'aucune analyse à ma connaissance n'en ait donné la
certitude. Elle est située à peu de distance et au
nord de la Source Thermale, sur le bord de la petite
rivière de Vée, dans le Parc de l'établissement, et
fermée d'un couvercle de fer.

On trouve à Bagnoles des bains convenablement installés ; des douches variées qu'on se propose d'améliorer incessamment ; une piscine magnifique qu'on vient de construire, dont j'ai donné ci-dessus les proportions, et qu'on a dit avec vérité être la plus grande de l'Europe. On y peut nager à son aise ; s'y livrer à toutes sortes d'exercices ; et, si on ajoute à cela le reflet verdâtre imprimé à l'eau par des parois à ciment de Portland, l'oscillation du fluide qui s'y produit lorsque plusieurs personnes y sont à la fois, on peut se figurer sans un grand effort d'imagination, qu'on prend un bain dans un petit regard de la mer, dont en réalité on a la température, l'aspect et l'effet ; il existe en outre, comme annexe, un Etablissement d'hydrothérapie complet, qui rend journellement les plus grands services.

L'Eau Thermale se donne en bains et en douches à toutes les températures voulues ; la source ne marquant que 25° centigrades, on est obligé d'en chauf-

fer la partie destinée à porter les bains et les douches aux dégrés de chaleur exigée. Pour les bains,
cette quantité est si minime que cette addition ne
peut porter aucun préjudice aux propriétés curatives de l'eau thermale; et pour les douches, quelque
soit la proportion, je crois qu'on doit la regarder
comme indifférente.

L'Eau Thermale se donne également en boisson.

Quant à l'Eau Ferrugineuse qui est froide, elle
ne s'administre que de cette dernière manière, elle
se supporte parfaitement.

L'Eau de la Source Thermale est légèrement *onc-
tueuse* au toucher; d'une douceur à la peau sans
pareille, mais qui ne s'apprécie bien, que lorsqu'é-
tant sorti du bain, on est reposé dans son lit. Cette
qualité ne peut tenir qu'à la présence d'une espèce
de barégine qu'on trouve dans l'Eau de Bagnoles.
Elle est d'une limpidité parfaite, et lorsque dans les
baignoires vous y êtes plongé, elle vous donne
l'idée d'un *liquide azuré*, exhalant une odeur *très-*

légèrement sulfureuse, soit aux vapeurs de la Source,
soit à celles de la Piscine. Elle la perd bientôt lorsqu'elle est versée dans un vase, même après un
court séjour. Je l'ai toujours trouvée *sans goût sensible,* et il faut bien qu'il en soit ainsi, puisqu'on
voit des centaines de malades en boire sans s'en
douter. Mais, chose surprenante, cette Eau qu'on
boit sur la table à 20° ou 22° centigrades dans les
chaleurs de l'été, non seulement ne vous répugne en
aucune façon, mais vous paraît même plus agréable et plus *digestible,* que l'eau fraîche des sources
voisines. C'est ce que moi et bien d'autres éprouvent et vérifient chaque année. Jamais je ne digère
mieux qu'en buvant l'Eau de la Source Thermale.

En général, l'action physiologique de l'Eau Thermale de Bagnoles, ainsi qu'on l'a dit avec raison,
ne diffère pas sensiblement chez les personnes bien
portantes ou chez celles qui sont malades. Cette
action consiste principalement dans l'accroissement
de l'appétit ; dans celui de l'énergie musculaire ;

dans l'augmentation de toutes les forces de l'économie ; on éprouve en un mot, un *remontement général*. C'est un effet tonique, et cela est si vrai que ces
Eaux-ci réussissent beaucoup mieux aux personnes
ordinaires ou même faibles, qu'à celles qui sont
fortes, replètes ou sanguines. Ces dernières s'en
trouvent rarement bien. Cet effet fortifiant est digne
d'être noté, car dans mon opinion, c'est par cet effet
général, qu'une foule d'affections et principalement
les dyspepsies y trouvent leur guérison. Telle était
l'opinion de Chomel, telle est aussi celle du professeur Trousseau sur l'action de plusieurs Eaux minérales.

Il n'est pas rare d'observer des sujets qui se
plaignent dans les premiers jours de ressentir des
agitations nocturnes, des chaleurs à la peau, pas-
sagères et incommodes, des démangeaisons, de
l'accablement, des pesanteurs de tête, etc. J'ai vu
des constitutions très-diverses éprouver tous ces
dérangements. Les rhumatisants se plaignent plus

particulièrement de voir leurs douleurs se répandre dans tout le corps. Ce qui les afflige, n'est pourtant pas un mauvais signe.

Beaucoup de sujets n'éprouvent absolument rien.

D'un autre côté, il n'y a pas d'années où je n'observe à Bagnoles des malades qui, abusant des Eaux, finissent par s'en trouver agacés, agités, fatigués, et qui ne savent à quoi rapporter ce qu'ils éprouvent.

Quelqu'attention que j'y ai mise, je n'ai jamais pu constater d'une manière certaine que l'eau de la Source Thermale produisît soit la constipation soit la diarrhée. Les faits par lesquels on a voulu le prouver, me paraissent tenir à l'interprétation erronée qu'on leur a donnée. La seule chose qui m'ait paru claire, c'est que pendant la 1re, souvent même pendant la 2e semaine, l'Eau Thermale poussait aux urines. Je crois l'avoir constaté chez la moitié des sujets.

Dans l'ignorance où nous sommes de la compo-

sition exacte de la Source Thermale de Bagnoles,
il serait difficile d'expliquer comment ces Eaux
guérissent : beaucoup de Thermes fameux sont dans
le même cas. Je citerai, d'après le professeur
Trousseau, Plombières, Néris et le Mont-d'Or
(*Clinique de l'Hôtel-Dieu,* t. II, p. 379). Il serait
mieux sans doute de connaître l'essence des choses,
de savoir comment les eaux opèrent, mais enfin ce
n'est pas toujours nécessaire; il peut suffire de
bien connaître les cas auxquels les eaux sont appli-
cables et la meilleure manière de les faire prendre.
On peut même ajouter que, comme il y a toujours
dans une Source minérale même la mieux ana-
lysée, beaucoup d'inconnu, toutes les explications
qu'on peut donner sur sa façon d'agir ne sont
souvent que des explications problématiques et
provisoires. Je considère les Eaux de Bagnoles
comme étant dans ce dernier cas et par conséquent
je me garderai bien de m'enfoncer dans le champ
des hypothèses.

CHAPITRE II

—

De l'emploi des Eaux de Bagnoles dans les maladies.

—

Jusqu'à ce jour, mon expérience personnelle et celle des médecins que j'ai pu consulter ne m'ont révélé l'utilité réelle des Eaux de Bagnoles que dans les maladies suivantes :

1° Dans la Dyspepsie ;

2° Dans l'Eczéma, dans le Lichen et dans l'Acué simples ;

3° Dans la Paralysie ;

4° Dans la Chorée ou Danse de St-Guy ;

5° Dans les Névralgies sciatiques ;

6° Dans les Affections rhumatismales et dans quelques manifestations de nature goutteuse ;

2

7° Dans les Maladies des articulations ;

8° Dans la Chlorose et dans certaines Leucor-
rhées ;

9° Enfin dans la faiblesse générale et dans les
désordres nerveux qui en sont la conséquence.

SECTION 1re

―

De l'emploi des Eaux de Bagnoles dans le traitement
de la Dyspepsie.

―

L'application de l'Eau Thermale de Bagnoles
aux affections dyspeptiques était une chose inconnue
des anciens médecins de l'établissement. Dans les
rares et courts documents qu'ils nous ont laissés,
et que j'ai eus pendant longtemps à ma disposition,
je n'en ai trouvé aucune trace. C'est à un accou-
cheur célèbre, à un éminent praticien de Paris du

commencement de ce siècle-ci, à Alexandre Lebreton, de l'Académie de médecine, qu'on en doit la connaissance et la vulgarisation. Lebreton de 1816 à 1840 avait envoyé plusieurs centaines de malades à Bagnoles. Je lui ai entendu dire à lui-même dans son cabinet, que c'était presque toujours des sujets souffrant de digestions longues et laborieuses, et que parmi ces malades le nombre des personnes soulagées ou guéries l'avait si réellement frappé, qu'il n'avait pas tardé à y envoyer tous les dyspeptiques.

L'expérience a confirmé la découverte de Lebreton, en démontrant qu'en effet, la dyspepsie était l'une des maladies qui se guérit ou se soulage le mieux par l'emploi des Eaux de Bagnoles.

La dyspepsie, comme on sait, est une névrose de l'estomac, caractérisée par la lenteur et par la difficulté des digestions. C'est une maladie de longue durée, sans fièvre, qu'on rencontre à chaque pas dans la pratique de la médecine. Parmi les dyspepsies, les unes sont *essentielles,* c'est-à-dire qu'elles existent par elles-mêmes, sans être produites par une autre maladie. Les autres au contraire sont ou *sympathiques* d'une affection locale, comme d'une maladie de l'utérus par exemple, ou *symptomatiques* d'une maladie constitutionnelle et générale, comme le rhumatisme, la goutte, le cancer, etc.

L'Eau de Bagnoles n'est réellement curative que dans les dyspepsies *essentielles* ; et comment en serait-il autrement puisque les autres sont sous la dépendance d'affections le plus souvent incurables. Cela ne veut pas dire cependant que je proscrive l'usage des Eaux dans toutes les dyspepsies secondaires. J'examinerai au contraire, et avec soin, les différents cas où elles rendent encore de très-grands services, et je ne manquerai pas de le prouver par des observations particulières qui ne laissent aucun doute.

Les dyspepsies essentielles présentent plusieurs formes différentes. Chomel dans le traité si pratique

qu'il nous a laissé sur cette maladie, en admet huit.
La dyspepsie *atonique ;* la dyspepsie *flatulente ;* la
dyspepsie par *irritabilité ;* la dyspepsie *gastralgique ;* la dyspepsie *boulimique ;* la dyspepsie *acide ;*
la dyspepsie *alcaline ;* la dyspepsie *des liquides.*

D'autres en ont admis davantage et à la vérité
l'on pourrait en faire à l'infini, car chaque symptôme dominant, imprimant comme un cachet particulier à chaque dyspepsie, la maladie devient un
vrai Protée, où l'on trouve rarement deux cas semblables.

De toutes les formes de dyspepsie, de beaucoup
la plus commune c'est la forme *atonique,* que Chomel, pour cela même, appelle la dyspepsie *habituelle.* Toutes les autres sont rares, hormis la flatulente. Les dyspepsies atoniques sont aussi celles,
comme je l'ai dit, que les Eaux guérissent le mieux.
J'en ai vu guérir ici d'invétérées, d'anciennes, de
profondes, qui avaient résisté à tout. J'en donnerai
de remarquables observations à la fin de cet article ;

j'en donnerai d'autres qui ont été très-améliorées au point de pouvoir être regardées comme des guérisons relatives et durables. Je sais qu'il ne faut pas toujours regarder comme guéris ou bien soulagés des sujets qui quittent l'établissement dans cet état ; il faut encore s'assurer que l'amélioration existe, la dyspepsie étant une maladie sujette à récidive, capricieuse et par fois rebelle.

Sur un total de 120 dyspeptiques que j'ai observés par moi-même, j'ai relevé 26 guérisons radicales et complètes ; 44 améliorations très-prononcées et durables et dont un grand nombre pouvaient être regardées comme des guérisons ; 38 améliorations de moindre importance et 14 sans aucun soulagement.

Je n'ai rangé dans cette statistique au nombre *des malades guéris* que ceux dont tous les symptômes étaient disparus au moment où ils ont quitté l'établissement, et qui dans les 6 mois suivants n'avaient encore éprouvé aucune rechute, ou bien ceux dont j'ai appris la guérison ultérieure d'une manière authentique et certaine. J'ai compté au nombre des *très-améliorés* tous ceux qui au moment où ils quittaient l'établissement, avaient obtenu la disparution des principaux symptômes de la dyspepsie, et chez lesquels, dans les 6 mois qui ont suivi, les bénéfices de cette amélioration continuèrent. Enfin, j'ai classé comme *médiocrement soulagés*, tous ceux chez lesquels il m'a paru que l'amélioration n'était que superficielle, momentanée parceque je remarquais au fond la persistance des symptômes fondamentaux de la maladie ; quant à ceux qui n'avaient éprouvé *aucun effet des Eaux*, j'ai remarqué que quelques uns d'entre eux étaient atteints d'hypocondrie profonde, maladie généralement peu curable et que quelques autres ont été frappés plus tard de maladies organiques.

J'ajouterai, pour l'intelligence de ceci, que je n'ai tenu aucun compte de ces cas légers ou fugaces qui ne prouvent rien.

On peut m'opposer, et on m'opposera sans doute
un jour, d'autres statistiques ; mais, en médecine
je n'admets pas la méthode numérique comme terme de comparaison. On prouve en effet tout ce
qu'on veut avec des chiffres. Tout dépend de la
manière de grouper et d'apprécier. M. le professeur
Bouillaud a cru pouvoir prouver de la meilleure
foi du monde par ses statistiques, la supériorité de
la méthode des saignées coup-sur-coup dans la
pneumonie. Un médecin de Vienne en Autriche,
M. le docteur Diet, toujours au moyen de la statistique et toujours de la meilleure foi du monde, a
cru prouver précisément le contraire, à savoir qu'on
perdait infiniment moins de malades dans la pneumonie en s'abstenant de toute espèce d'évacuation
sanguine ; car selon lui on en perdait 20 sur 100 en
saignant, et 7 seulement en ne saignant pas. Vinrent bintôt M. Louis et le professeur Grisolle, et
ceux-là, il faut bien le dire, plus attentifs et plus
sérieux, qui prouvèrent, mais qui prouvèrent réel-

lement, que les deux premiers observateurs n'é-
taient arrivés à leurs résultats qu'en interprétant et
qu'en classant les faits d'une façon qui leur était
particulière ; mais, que lorsqu'on les interprétait
et lorsqu'on les classait selon leur ordre logique et
naturel, les deux systèmes de traitement qui leur
étaient propres ne valaient pas mieux l'un que l'autre, et que l'ancienne méthode, le traitement dit
rationnel était de beaucoup préférable (GRISOLLE,
Traité de la Pneumonie. Paris 1866, p. 558 et 59).

La méthode numérique n'est bonné que pour
celui qui l'employe ; elle serait bonne encore dans
le cas de deux observateurs se servant de la
même appréciation ; mais, la manière de voir
des hommes est si diverse que je crois la chose impossible à rencontrer.

Dans toutes les dyspepsies que j'ai eu à traiter à
Bagnoles, j'ai fait usage de l'Eau Thermale *intùs* et
extrà. Je suis persuadé néanmoins, que contraire-
ment à l'opinion vulgaire, les bains sont plus pro-

fitables que l'Eau en boisson. En cela, je partage l'opinion de Chomel, qui ayant sur l'action des Eaux Thermales dans les dyspepsies habituelles, une opinion très-favorable, n'accordait pas cependant que la meilleure manière de les administrer fût de les faire boire. Cet illustre médecin professait au contraire que les bains et les douches étaient seuls profitables, et que les Eaux ne guérissaient les dyspepsies que par le *remontement général,* que ces derniers seuls peuvent produire. (CHOMEL, *Traité des Dyspepsies,* p 238).

Ce sage observateur remarque avec raison que dans les dyspepsies atoniques, les liquides pris à jeun en distendant, en lavant les parois de l'estomac, relâchent les tissus, en diminuent la tonicité, et contribuent ainsi à la faiblesse de l'organe. J'ai éprouvé sur moi-même, qui suis dyspeptique, la vérité et la justesse de cet enseignement. Aussi, ai-je pris pour règle invariable de faire prendre aux dyspeptiques leur Eau

Thermale principalement aux repas. C'est là que je la leur conseille de préférence, rougie avec le vin ; et pure seulement, quand cela entre dans leur usage habituel. Mais, entre les repas je n'en laisse guère prendre au-delà de deux demi-verres, le 1ᵉʳ avant le déjeuner, le 2ᵉ de même avant le dîner. J'ai rarement trouvé de l'avantage à en faire prendre une plus grande proportion, tandis qu'au contraire j'en ai souvent observé des inconvénients.

J'ai vu à Bagnoles des dyspeptiques qui ne voulaient ou ne pouvaient pas boire hors les repas, et qui ont néanmoins guéri tout aussi bien que les autres ; il n'est pas resté dans ma mémoire le souvenir d'un seul malade vraiment dyspeptique qui ait pu guérir par le seul usage de l'Eau en boisson.

Il n'y a pas longtemps, j'ai vu dans l'établissement, un jeune sujet, maigre, fluet, légèrement lymphatique atteint de dyspepsie prononcée de forme atonique, qui buvait beaucoup d'eau entre ses repas, près d'un litre. Il se trouva plus mal et prit le parti de quitter les eaux après 12 jours de séjour. Ce fut alors qu'il me consulta. Je lui donnai le conseil de ne boire de l'Eau Thermale qu'aux repas. Dès le 2e jour il se trouva mieux et 10 jours plus tard il partit dans une amélioration si grande, que sa guérison s'est définitivement accomplie. Je puis assurer que j'ai vu ici bien des exemples semblables.

Je reconnais cependant à l'Eau Thermale de Bagnoles une propriété *digestive*, formelle et incontestable. Je vois tous les ans nombre de malades qui me disent que l'Eau Thermale dont ils usent en mangeant rend leurs digestions plus faciles ; et c'est une chose du reste que j'éprouve moi-même depuis plus de 30 ans ; jamais je ne digère mieux que lorsque j'en use. Il n'en faut pas davantage, ce me semble, pour accorder à cette Source une *vertu digestive* ; et en vérité, la chimie aura beau faire, elle ne me prouvera jamais le contraire.

Dans les dyspepsies chlorotiques ou chez des jeunes filles lymphatiques ce n'est plus à l'Eau Thermale en boisson qu'il faut s'adresser ; c'est à la Source *Ferrugineuse*. Tous les ferrugineux se donnent en mangeant, l'expérience ayant appris qu'ils s'assimilent beaucoup mieux de cette façon. C'est donc aux repas, rougie avec du vin de Bordeaux, qu'il faut faire prendre l'Eau ferrugineuse ; donnée autrement, elle ne tarderait pas à ruiner l'estomac.

Les bains et les douches, sont comme je l'ai dit le grand moyen chez les dyspeptiques. Toutes les fois qu'il s'agit d'un sujet ordinaire, d'une constitution passable après un ou deux bains tièdes de baignoire, je passe d'emblée aux bains de piscine. Ces bains ont une température de 18° à 19° Réaumur, 22° à 23° centigrades. C'est la température des bains de mer ou de rivière. Ils se prennent comme ceux-ci pendant une durée qui varie entre une et six minutes. Il y a rarement avantage à les prolonger ; plutôt inconvénient. Du reste leur durée est à étudier sur chaque malade.

Les bains de piscine réussissent particulièrement

et presque constamment chez les dyspeptiques jeunes , à tempérament lymphatique, à constitution molle, médiocrement atteints. Dans les cas plus graves, c'est encore le meilleur moyen ; et même alors, j'en ai vu guérir par les douches froides de l'établissement hydrothérapique lorsque la piscine avait échoué.

Ce résultat n'a rien qui doive surprendre puisque les affusions froides dans certaines dyspepsies rebelles constituent comme on sait le moyen le plus héroïque qui soit en notre pouvoir (CHOMEL, op. cit. p. 223 et 59.)

Chez les sujets qui sont avancés en âge, chez ceux qui sont très-affaiblis, chez d'autres qui sont doués d'une grande irritabilité, on est forcé de commencer par les bains tièdes, c'est-à-dire d'environ 26° à 27° Réaumur, 32° 1/2 à 33 1/2 centigrades, et souvent de les continuer jusqu'à la fin ; la durée de ces bains ne peut être moindre de 20 minutes, ni excéder une heure. Il ne faut pas croire que les

malades qui ne sauraient supporter les bains de piscine, en raison de leur peu de réaction, mais qui
s'arrangent parfaitement des bains de baignoire
guérissent moins bien que les autres. Ils guérissent de même, tout aussi facilement et par un
effet absolument semblable; par ce remontement
général qui est produit chez les premiers par les
bains à basse température, et qui arrive chez les
autres par les bains tempérés.

Certains malades ont besoin de douches. Ce sont
ceux principalement qui sont assujettis aux bains
tièdes. Il est bon de commencer par les douches
en arrosoir; obliques ensuite, et en un seul jet;
rarement directs. On doit doucher toute la région
de l'abdomen et quelquefois la surface du corps
entière.

La température de la douche doit être l'objet
d'une étude pour chaque sujet. Elle varie depuis la
douche fraîche, à la température de la source 18°
Réaumur, 22° 1/2 centigrades, jusqu'à la douche

chaude de 36° Réaumur ou 45° centigrades. J'en ai
fait donner quelquefois de très-chaudes sur les
extrémités inférieures, principalement chez des
femmes dans le cas d'aménorrhée compliquant la
dyspepsie, et chez des hommes dans d'autres cas
compliqués de suppression de sueur des pieds.

La forme *flatulente* de la dyspepsie, est après la
forme atonique, celle qu'on rencontre le plus souvent dans la pratique. Elle se guérit encore par ces
eaux-ci, mais à la condition que le symptôme dominant ne soit pas très-prononcé. J'ai remarqué en
effet, que lorsque le développement des gaz était
excessif, l'Eau Thermale ne réussissait plus. C'est
dans la dyspepsie flatulente que la douche est particulièrement utile. Je vais donner deux observations de dyspepsie flatulente guérie par les Eaux
de Bagnoles qui trouvent naturellement leur place
ici.

OBSERVATION I

—

Dyspepsie flatulente. — Guérison principalement par l'Eau Thermale en boisson, ce qui est en général le contraire de la règle.

—

Mme de T.... alors âgée de 34 ans avait éprouvé une fièvre bilieuse, à la suite de laquelle il s'était déclaré chez elle une dyspepsie dont les principaux symptômes consistaient en perte d'appétit, en digestions pénibles, douloureuses, surtout dans un *dégagement de gaz* extraordinaire qui était chez elle le symptôme dominant et fatigant. Cette dame avait vainement consulté plusieurs Praticiens éminents de Paris ; vainement elle avait suivi de nombreux traitements, — rien ne l'avait soulagée.

Ce fut en désespoir de cause et à la sollicitation d'une de ses connaissances, qu'elle vint à Bagnoles, il y a 6 ans.

Elle y prit des bains tempérés tous les jours ; y but de l'Eau Thermale aux repas ; deux demi-verres entre les repas, et chose vraiment surprenante, dès le premier jour elle digéra mieux ; huit jours plus tard, cette dame, qui depuis un an ne marchait plus que dans sa chambre, commença de se promener dans le parc.

Enfin, au bout d'un mois tous les symptômes de la maladie étaient disparus.

L'année suivante, éprouvant de nouveau quelques symptômes de son ancien mal, elle fit venir de l'Eau de Bagnoles, en but à domicile et fut de nouveau débarassée. Depuis et jusqu'à ce moment, cette dame de laquelle je tiens tous ces détails par écrit, a continué de se bien porter.

Cette observation est intéressante à plus d'un titre. Elle prouve de la manière la plus saisissante l'efficacité de l'Eau de Bagnoles dans la forme flatulente de la dyspepsie. Elle nous porte à penser que dans ce cas l'Eau Thermale a peut-être plus agi par l'usage intérieur que par les bains, ce qui est en général le contraire de ce qui a lieu. Enfin, elle nous montre que cet usage intérieur a suffi pour empêcher une récidive. (*Observation communiquée par la malade*).

OBSERVATION II

—

Dyspepsie flatulente cardialgique. — Guérison due aux
bains de piscine principalement.

—

Mme Z...., âgée de 27 ans, très-lymphatique, s'était vue atteinte depuis 4 à 5 ans d'une dyspepsie à forme gazeuze sans cause appréciable. Le mal léger dabord, s'est empiré. Depuis 18 mois, des fleurs blanches assez abondantes l'ont aggravé, et il s'y est joint une éruption sèche d'eczéma chronique sur la figure.

Les principaux symptômes consistent dans une douleur épigastrique très-vive avant les repas ; dans une diminution très-sensible de l'appétit, puisque la malade ne mange que par raison ; dans la longueur et la difficulté des digestions ; mais principalement, dans une éructation très-abondante de gaz, ce qui comble de confusion la pauvre malade. Cette dame avait trouvé du soulagement dans l'opium contre ses douleurs d'estomac, et dans l'arséniate de soude contre l'atonie ; mais comme elle était habituellement gênée de la constipation elle fut forcée d'abandonner l'un et l'autre de ces moyens qui selon son observation augmentaient encore ce dernier symptôme. Ce fut dans cet état que Mme Z... vint à Bagnoles. Je la mis d'abord à l'usage des bains tempérés à 26° 1/2 Réaumur, environ 33° dégrés centigrades ; à l'usage de l'Eau Thermale aux repas rougie avec le vin, dans la proportion d'un tiers de ce dernier ; et à celui d'un demi-verre d'Eau Thermale pris une demi-heure au moins avant chacun des deux repas. Au 9e jour, Mme Z... passa aux bains de piscine. Ces derniers produisirent un effet excellent. Chaque jour elle y puisa une force nouvelle. En 27 jours l'amélioration fut telle qu'on aurait pu considérer Mme Z.... comme guérie si l'on ne savait combien ces états sont sujets à récidive. Les flatuosités et les fleurs blànches avaient complètement cessé. L'appétit était revenu, les digestions étaient faciles et l'affaiblissement général était presque disparu. (1)

Cette observation ne prouve pas moins que la précédente l'efficacité des Eaux de Bagnoles dans les dyspepsies flatulentes.

La dyspepsie gastralgique qui consiste dans une trèsgrande irritabilité des nerfs de l'estomac ou de l'intestin, se guérit moins bien que la dyspepsie flatulente par

(1) Voyez encore l'observation LXXI où il existait aussi une dyspepsie flatulente.

l'usage de l'Eau de Bagnoles. De quelque manière qu'on la donne, la susceptibilité des organes peut être telle que les malades ne la peuvent supporter sous aucune forme.

L'observation suivante montrera du reste, de quelles difficultés son administration peut être entourée dans ces sortes de dyspepsies. Cependant, la dyspepsie irritative gastralgique, peut s'unir à la faiblesse des organes, et c'est dans ces cas surtout qu'on peut en tirer un très-grand parti.

OBSERVATION III

—

Dyspepsie gastralgique violente et réfractaire. — Traitement hérissé de difficultés. Cependant, amendement considérable par l'Eau Thermale en boisson et en bains.

—

Mme P.... grande et forte, âgée d'environ 50 ans, d'un tempérament lymphatique et nerveux, était atteinte depuis bien des années d'une dyspepsie irritative qui avait son siège dans les premières voies. Elle souffre particulièrement de chaleurs, de cuissons brûlantes dans la région de l'œsophage, du cardia et de l'estomac. Il lui semble parfois que ces parties sont le siège d'une plaie vive, et elle en reste même absolument persuadée. Ses souffrances ne sont pas permanentes ; mais la cause la plus légère en apparence, les réveille dans toute leur intensité. Il lui faut choisir les boissons, les aliments, avec des précautions infinies, qui sont d'autant plus difficiles à observer, qu'elle ignore souvent ce qui lui fera mal. Ce ne sont pas même les choses réputées les plus capables de le faire, qui lui nuisent. Son appétit est capricieux, en général diminué. Les digestions quelquefois faciles, deviennent aussi quelquefois et subitement accompagnées des symptômes les plus insupportables, comme de cardialgie, d'oppression violente, d'une excessive agitation spasmodique, etc. Elle a par fois une soif brûlante ou bien elle ne peut rien avaler que de très-chaud. Tel était l'état dans lequel nous observâmes cette malade en 1865. L'année précédente, elle avait pris les Eaux avec succès. La rechute actuelle ne datait que de deux mois. Je conseillai les bains tempérés à 27° Réaumur, 33° 1/2 centigrades, l'Eau Thermale aux repas, 2 demi-verres entre les repas, une nourriture à son choix, d'après l'expérience qu'elle en avait. En moins d'une semaine l'état de Mme P.... s'était tellement aggravé qu'elle voulait partir sur le champ. La vérité est qu'elle ne digérait plus qu'à

l'aide de cataplasmes sur l'estomac, et qu'elle ne supportait plus que du sirop d'orgeat étendu d'eau de fontaine.
Quand l'orage fut calmé, nous reprîmes les bains d'Eau
Thermale adoucis avec de l'eau de son ; nous en redui-
sîmes la durée à 20 minutes ; nous coupâmes l'Eau Thermale en boisson par moitié avec une décoction d'orge et
de chiendent ; nous la supprimâmes entre les repas. Tout
cela ne réussit pas du premier coup. Il fallut des tâton-
nements infinis, plusieurs interruptions, beaucoup de
patience. Néanmoins Mme P.... quitta l'établissement au
bout de 27 jours avec une notable amélioration. Elle
n'avait plus de crises du côté de l'estomac, plus le sentiment de plaie dans l'œsophage ; elle digérait mieux, le
disait, se sentait très-satisfaite. Elle a passé une bonne
année.

Je dois l'observation suivante à M. le docteur Gombault, praticien très-distingué de Versailles.

OBSERVATION IV

—

Dyspepsie gastralgique. Usage de l'Eau Thermale en boisson et en bains. — Guérison radicale en deux saisons et en deux années. — Observation due à M. le docteur Gombault, de Versailles.

—

« Une dame d'un tempérament nerveux souffrait cons-
« tamment de l'estomac, ses digestions étaient pénibles.
« Il lui arrivait souvent de ne pouvoir supporter aucune
« nourriture ; elle était alors obligée de garder le lit, à
« cause de ses violentes douleurs gastralgiques. Cet
« état durait depuis plusieurs années, lorsque je lui
« donnai le conseil d'aller à Bagnoles. Dès la première
« année elle éprouva un si grand soulagement, qu'elle
« en était elle-même dans le plus grand étonnement.
« Elle y retourna les années suivantes, en rapporta cha-
« que fois une nouvelle amélioration, si bien que main-
« tenant, elle jouit d'une excellente santé. » (*Observation communiquée par le docteur Gombault*)

Je n'ai point suffisamment observé de dyspepsie à

forme boulimique, acide et alcaline, ainsi que de dyspepsie des liquides pour établir ici des règles générales. Je
suis d'ailleurs persuadé que les Eaux de Bagnoles ne
leur convienent pas, et que leur emploi ne saurait être
véritablement justifié.

J'ai déjà dit précédemment qu'il ne fallait pas attendre
des Eaux de Bagnoles le même effet curatif dans les dyspepsies secondaires, et j'en ai donné la raison.

Parmi ces dyspepsies, celles qui se sont développées
sous l'influence sympathique de métrites chroniques et
qui persistent, lorsque l'utérus revient à ses conditions
normales, sont une de celles où l'on a le plus à espérer
des Eaux. Il m'a paru alors que les bains et les douches,
par *ce remontement général* dont j'ai plusieurs fois parlé,
produisaient d'excellents effets, même sur les deux affections, celle de l'utérus et celle de l'estomac. En voici un
exemple entre beaucoup d'autres.

OBSERVATION V

—

*Dyspepsie secondaire sympathique d'une affection utérine.
— Guérison principalement par les bains d'Eau
Thermale.*

—

Il y a 25 ans une dame de Falaise, âgée d'une trentaine
d'années, d'un tempérament lymphatique, fut envoyée à
Bagnoles pour une métrite granuleuse, compliquée d'un
état dyspeptique, qui constituait alors à peu près le fond
de la maladie. Cette dame dont l'affection remontait à
plus d'un an, avait subi plusieurs cautérisations assez
récentes par le crayon de nitrate d'argent. La lésion utérine était en voie de guérison ; mais les fonctions de l'estomac laissaient beaucoup à désirer. Décolorée, languis-
sante, sans force et sans énergie, son estomac ne recevait
les aliments qu'avec répugnance, n'en pouvait digérer
qu'un petit nombre, et toujours avec lenteur, avec difficulté, même souvent avec douleur. On trouvait cette dame
dans un triste état, et d'autant plus triste que rien ne
semblait désormais agir sur sa maladie. Elle vint donc à
Bagnoles dans l'année 1841 ; je fus appelé à lui donner

des conseils ; je la mis à l'usage des bains tempérés pendant environ 15 jours ; les 15 autres jours à ceux de piscine ; elle but de l'eau thermale à ses repas ; deux demi-verres entre ses repas. L'action des Eaux fut à peine sensible dans les deux premières semaines ; mais, dans les 2 dernières, le résultat se montra bien différent ; Madame reprit son appétit ; recouvra ses bonnes digestions et partit au bout de 30 jours dans un état de santé qui laissait peu à désirer.

On obtient moins dans les dyspepsies goutteuses. Cependant, lorsque la goutte, maladie générale et constitutionnelle, n'a pas encore envahi l'économie toute entière ; lorsqu'elle est loin d'être arrivée à l'état de cachexie, les Eaux de Bagnoles rendent de très-grands services aux malades qui languissent dans les états dyspeptiques qui succèdent aux accès. Ces malades sont en général nombreux à Bagnoles On en rencontre toujours plusieurs dans une saison. Je vais en rapporter succinctement deux observations.

OBSERVATION VI

—

Dyspepsie secondaire symptomatique de la goutte. —
Usage de l'Eau Thermale en boisson et en bains. —
Amendement notable.

—

Dans l'année 1841, vint à Bagnoles M. ***, secrétaire
général d'une préfecture, homme d'un esprit aussi fin
que distingué. M. *** devait alors approcher de la cinquantaine, il était délicat ; toute sa vie il avait été tourmenté des nerfs et depuis longtemps la goutte était
venue s'ajouter à ses souffrances. Dans ses bons moments il marchait toujours avec difficulté, pour peu que
la promenade se prolongeât. En cette année là son estomac depuis longtemps susceptible et capricieux l'était
devenu bien davantage. Il avait une dyspepsie prononcée,
survenue au printemps dernier à la suite d'une attaque
de goutte qui l'avait retenu six mois à la chambre. Rempli
d'intelligence comme il était, M. *** se traitait lui-même.
Il se contenta longtemps de prendre des bains tempérés,
30 à 40 minutes, de boire de l'Eau Thermale et s'abste-
nait rigoureusement des douches. Le résultat fut très-

satisfaisant. En 22 jours le malade avait recouvré l'appétit, des digestions faciles et ce surcroît de forces que
ne manquent jamais de donner les Eaux de Bagnoles en
cette circonstance. M. *** qui avait déjà pris et avec succès, les Eaux de Bagnoles absolument pour le même cas,
y revint encore plusieurs années et toujours avec avantage.

OBSERVATION VII

—

*Dyspepsie secondaire symptomatique de la goutte. —
Usage de l'Eau Thermale en boisson et en bains. —
Amendement considérable.*

—

Le doyen de Montsurs, âgé de 65 ans, lymphatique, grand
et fort, était goutteux depuis nombre d'années. Au printemps de 1866, il en éprouva une attaque plus forte, qui
cette fois monta des pieds dans les genoux, dans les han-
ches et dans les reins. Voici quel était son état au mois de
juillet de la même année. La physionomie exprime la maladie et la souffrance ; le teint est jaunâtre, la langue est
saburrale malgré l'emploi récent d'un purgatif salin. Le
malade marche toujours avec douleur et difficulté et ne

peut faire au-delà d'une cinquantaine de pas. Toutes les articulations sont endolories, même les coudes et les poignets; l'appétit est nul, le malade digère mal; dès les premières bouchées il se sent rassasié; s'il passe outre, il a des indigestions.

M. le doyen est mis à l'usage des bains à 27° Réaumur, 33° 1/2 centigrades ; de l'Eau Thermale aux repas faiblement rougie avec le vin et de trois verres entre les repas ; un verre en sortant du bain, un autre avant dîner, un troisième en se couchant. Vers le douzième jour, l'amélioration commence. Après une interruption forcée de cinq jours le malade reprit son traitement et le continua pendant quinze jours. Il quitta l'établissement avec un appétit parfait, de bonnes digestions et le retour de ses forces à peu près comme avant la dernière attaque. (1)

Il n'en est pas de même lorsque la dyspepsie précède le cancer. Les Eaux de Bagnoles ne conviennent plus. Elles conviennent moins encore lorsqu'elle l'accompagne. Alors, les Eaux sont souvent nuisibles en ce qu'elles hâtent l'explosion de la dégénérescence. Il y a 20 ans j'envoyai à Bagnoles un ancien officier âgé d'environ 48 ans, tourmenté d'une dyspepsie qui m'inquiétait et que je ne savais à quoi rapporter. Après avoir pris les Eaux pendant quinze jours en bains et en boissons, il re-

(1) Voyez encore l'observation XXV où il existait aussi une dyspepsie goutteuse.

vint beaucoup plus mal ; trois mois plus tard, il s'éteignait
dans les angoisses d'un horrible cancer d'estomac. Dans
l'année 1846 je vis un Monsieur de l'arrondissement de
Mayenne, grand et fort qui vint à Bagnoles pour une
affection dyspeptique de moyenne intensité. Je fus frappé
d'une chose, c'est qu'il avait sur la langue une bande noi-
râtre, large de deux doigts, qui s'étendait de la base à
la pointe. Un vieux praticien me dit : notez bien ceci,
avant un an, cet homme mourra d'un cancer d'estomac.
Néanmoins, ce malade prit les Eaux en boisson et en
bains comme le précédent et s'en trouva bien. J'appris
néanmoins l'année suivante qu'il était mort d'un cancer
d'estomac dans les six mois qui suivirent son départ.

Dans les dyspepsies secondaires il faut surtout compter
sur les bains. C'est de cette manière que les Eaux de Bagnoles paraissent alors agir le mieux. Cela se comprend,
car c'est surtout dans ces cas que les malades éprouvent
ce mieux qui résulte toujours du remontement général
que les bains de Bagnoles manquent rarement de produire. Les bains de baignoire tempérés conviennent seuls
à ces malades.

Tous les dyspeptiques quels qu'ils soient, ne peuvent
se passer du régime. Il le leur faut avant tout. Les malades doivent en général se nourrir d'aliments qui répa-
rent sous un petit volume. De préférence des viandes
noires rôties ou grillées, peu cuites , sans pourtant reje-

ter les autres ; ni féculents, ni pâtisserie, ni crudités. Quelques-uns ont besoin des cerises, des fraises et des raisins en raison de la constipation dont ils sont tourmentés. Règle générale, il faut accorder beaucoup de latitude dans le régime, les dyspeptiques étant assujettis à bien des caprices de l'estomac. Ils doivent boire de bon vin naturel de Bordeaux ou de Bourgogne, avec l'Eau Thermale ; quelquefois même un peu de vin pur.

Mais, ce que je leur recommande par-dessus tout, c'est la distraction, c'est l'*exercice.*. Le dyspeptique, disait Chomel, digère avec les jambes, il doit vivre en plein air. Les côteaux de Bagnoles, le bocage des environs, la belle forêt qui y touche, l'air pur, vif et léger du pays, présentent sous ce rapport des ressources précieuses et infinies.

Il me reste maintenant pour terminer à donner quelques observations détaillées de dyspepsies habituelles ou atoniques, guéries ou très-amendées par les Eaux de Bagnoles. Je vais le faire par les dix observations suivantes :

OBSERVATION VIII

—

Dyspepsie atonique grave, invétérée. — Guérison princi-
palement par les bains d'Eau Thermale. — Cas re-
marquable.

—

Mme B.... rue des Deux-Boules, à Paris, appartenant
à une famille du haut commerce, veuve avec deux enfants, alors âgée de 36 ans, d'un tempérament nerveux,
mais d'une bonne constitution, grande et forte, était
tombée depuis plus d'un an dans une dyspepsie à forme
hypochondriaque des plus prononcées. C'était au point,
que depuis longtemps elle ne pouvait prendre pour toute
alimentation qu'un seul échaudé en vingt-quatre heures.
Son estomac, comme fermé, ne voulait rien recevoir,
rien digérer. Les affections mêmes les plus naturelles et
les plus tendres n'avaient aucun charme pour elle. Elle
oubliait jusqu'à ses enfants. Cependant, c'était une femme
d'un esprit aussi supérieur que distingué et d'un cœur
excellent.

Son frère la mit un jour dans une chaise de poste et,

4

à son insu, l'amena sur les conseils de M. Alexandre Lebreton, son médecin, à l'Etablissement thermal de Bagnoles. Ceci se passait dans l'année 1838. Cette dame excita la sympathie universelle ; naturellement belle et distinguée, sa maladie imprimait encore à ses traits un intérêt particulier ; elle végéta dans l'Etablissement pendant 32 jours ; elle but très-peu, et prit régulièrement des bains tempérés. A ce moment elle commença d'éprouver un peu de mieux, et voulut à toute force en profiter pour retourner chez elle. Pendant trois semaines ce mieux ne fit que d'imperceptibles progrès. Cependant, tout d'un coup, sans aucune autre médication, une amélioration très-sensible se manifesta. En quelques jours la malade sentit son estomac se dilater, le besoin de manger reparaître, le désir de la viande et des aliments et enfin la possibilité, à son grand étonnement, de les digérer avec facilité, en quantité modérée d'abord et bientôt en quantité ordinaire. Six semaines après son retour de Bagnoles Mme D... se trouva parfaitement guérie.

J'ai revu cette dame à Bagnoles en 1840. Elle m'a même fait l'honneur de venir passer quelques jours chez moi. Sa santé solidement rétablie ne laissait rien à désirer. Elle était profondément persuadée que sans les Eaux de Bagnoles c'en était fait de son existence.

OBSERVATION IX

—

Dyspepsie atonique grave, invétérée, par suite de cha-
grins, compliquée d'insomnie, d'hémorrhoïdes. —
Guérison rapide par l'usage des bains d'Eau Ther-
male et par celui de l'Eau de la Source Ferrugi-
neuse en boisson, alternée avec les précédents. — Ob-
servation très-remarquable.

—

Une jeune dame de 33 ans, petite, brune, à chevelure
très-noire, ayant cependant quelque chose de lymphatique dans la couleur terne de la peau, d'une constitution
qui paraissait altérée, avait éprouvé un an auparavant
un chagrin cruel dont elle n'était pas remise. Depuis ce
temps, sa santé déjà ébranlée, s'était complètement per-
due. Depuis un an, me disait-elle, « je n'ai certainement
« pas dormi une heure d'un bon sommeil ; je ne fais plus
« que m'appesantir. Aussi lorsque je me lève, je suis plus
« brisée que lorsque je me couche ; je suis dans une agita-
« tion, dans un sentiment de chaleur intérieure qui ne me
« laissent ni repos ni trève ; je ne mange que de force

« et ce que je mange ne me nourrit pas, quoique je
« ressente la plénitude et la satiété ; joint à cela, j'ai
« des hémorrhoïdes sorties en bourrelet gros comme un
« marron, qui fluent très-souvent et qui parfois me
« causent d'intolérables douleurs ; je vais, je viens, je
« change de place continuellement sans pouvoir trouver
« une position ; je cherche le monde et je le fuis, car il
« me fatigue et m'ennuie dès les premières paroles. »

Tout cela était vrai ; le pouls était fréquent, agité,
peu plein ; la physionomie exprimait une anxiété qui
frappait tous les étrangers. Cette situation vraiment
digne d'intérêt excita toute mon attention ; nous étions
au mois de juillet, je conseillai à cette dame qui avait
tardé à consulter, l'usage des bains tempérés à 26° Réaumur ou 26° 1/2, 32° 1/2 ou 33° centigrades de 20
minutes de durée, pour arriver graduellement à 40. Je
commençai par l'Eau Thermale en boisson, aux repas
seulement, rougie avec de bon vin de Bordeaux ; je passai plus tard à l'eau ferrugineuse ; je recommandai de ne
pas rester au lit, passé huit heures ; je recommandai en
outre de l'exercice modéré entre le déjeuner et le dîner,
une vie régulière et une nourriture plus végétale qu'a-
nimale ; la privation de la voiture.

Quel ne fut pas mon étonnement quand, après vingt-
cinq jours de traitement et de silence, j'entendis dire au
mari de cette dame et à cette dame elle-même qu'elle

dormait désormais de cinq à sept heures par nuit ; qu'elle trouvait du goût et du plaisir à tout ce qu'elle mangeait ; que les aliments la nourrissaient et la réparaient ; que les chaleurs intérieures étaient passées et que, quant à présent, c'était à peine si elle se sentait gênée de ses hémorrhoïdes très-affaissées et qui tendaient chaque jour à disparaitre. Peu de jours après, cette dame quittait l'Etablissement dans l'état de santé le plus satisfaisant. Au bout de six mois une lettre de son mari m'annonçait que la guérison ne s'était pas démentie. On trouvera dans cette observation la confirmation de ce fait signalé par le docteur Piette de l'efficacité des Eaux de Bagnoles dans l'affection hémor- rhoïdaire.

OBSERVATION X

—

Dyspepsie atonique, grave, réfractaire et profonde. — Guérison rapide par l'Eau Thermale en boisson et en bains.

—

Dans l'année 1854, une dame appartenant à la Nor- mandie vint à Bagnoles pour une grave dyspepsie. Elle avait alors 32 ans. C'était une femme grande, assez forte,

ayant eu deux enfants et d'un tempérament nerveux
comme son père.

La maladie avait débuté soudainement par des crises
nerveuses. Toute sa vie la malade avait eu l'estomac délicat ; mais, elle était arrivée promptement à ne plus rien
digérer, si ce n'est quelques cuillerées de chocolat à
l'eau et un peu d'épinards. Si elle voulait sucer une
côtelette, elle avait sur le champ de la fièvre et des indigestions. C'est à peine si elle pouvait faire quelques pas.
Bref, elle en fut réduite si bas, qu'aucun traitement
n'ayant pu être supporté, on la transporta d'autorité à
Bagnoles ; sa famille était persuadée qu'elle n'en revien-
drait pas, et d'un autre côté les Eaux de cette Source ne
lui inspiraient aucune confiance. Cependant elle se sou-
mit. Tous les jours elle prit son bain tiède ou tempéré
à 26° 1/2 Réaumur pendant une heure. Elle but de
l'Eau Thermale, en mangeant, avec le vin ; un quart de
verre seulement avant les repas.

Les quinze premiers jours furent difficiles à passer.
La malade souffrait beaucoup ; mais à partir de ce moment m'écrit-elle, « j'eus un mieux sensible ; l'état ner-
« veux s'apaisa et non-seulement je prenais de la nour-
« riture, mais j'obtins assez de force pour monter dans
« le parc de l'Etablissement et m'y promener. Je séjour-
« nai six semaines à Bagnoles, et rentrée chez-moi, je
« ne tardai pas à reprendre complètement mes forces et

« mes occupations sans avoir éprouvé de rechutes. Je
« suis néanmoins revenue plusieurs années aux Eaux de
« Bagnoles et à chaque fois, j'ai remarqué que j'y prenais
« un surcroît de force et d'énergie. »

J'ai vu effectivement aux Eaux de Bagnoles et à plusieurs reprises cette dame, que je connais d'ailleurs beaucoup, pleine de vie, de force et de santé.

OBSERVATION XI

—

Dyspepsie atonique très-prononcée chez une dame septua-
génaire. — Guérison rapide par l'Eau Thermale en
bains et en boisson.

—

Une dame presque septuagénaire, Mme H... de l'arrondissement de Domfront, maigre et nerveuse, d'une bonne
santé habituelle, était tourmentée depuis six mois d'une
dyspepsie atonique.

Cette malade vivait dans une très-grande aisance, au
sein d'une famille patriarchale, où elle était entourée de
soins de toute espèce qui lui rendaient la vie heureuse.

Elle était arrivée au point d'avoir perdu totalement

l'appétit. Elle ne mangeait plus que par raison et ne digérait qu'avec peine, usant de thé, de mélisse et de mille expédients quotidiens pour aider l'estomac. Elle avait perdu le sommeil, les forces et la sérénité habituelle de son caractère.

Venue à Bagnoles dans l'année 1845, elle y prit les bains tempérés à 27° Réaumur, 33 1/2 centigrades, y but de l'Eau Thermale seulement aux repas, rougie avec le vin.

Sa surprise fut grande, quand au bout de vingt-deux jours elle vit qu'elle mangeait, qu'elle digérait, qu'elle dormait à peu près comme avant d'être malade. Rentrée chez elle, au bout de quinze jours, il ne lui restait pas trace d'une affection qui avait longtemps affligé sa famille.

J'ai revu cette dame pendant bien des années. Elle est morte dans un âge très-avancé d'un ramollissement aigu du cerveau. J'ai eu la douleur d'assister à ses derniers moments.

OBSERVATION XII

—

*Dyspepsie atonique aggravée par l'usage intempestif de
l'Eau Thermale, surtout en boisson. — Guérison
rapide par les bains de piscine et par un meilleur
régime.*

—

Un habitant de Paris d'environ 38 ans, lymphatique,
petit, fluet et maigre, menant une vie de bureau très-
appliquée aux affaires, était en proie à une dyspepsie atonique des plus franches et des mieux caractérisées ; il
n'avait plus d'appétit ; digérait mal, lentement et avec
peine ; il était tourmenté d'insomnies, de rêves pénibles,
de courbatures, de fatigues sans motif, et devenait chaque jour plus incapable de travail et d'occupation. Il fut
envoyé à Bagnoles au bout de plusieurs mois de divers
traitements infructueux. Ce malade y prit dabord les
bains tempérés ; y but beaucoup trop d'Eau Thermale.
Au bout de quinze jours, je changeai le traitement ; je
supprimai toute boisson d'Eau Thermale entre les repas
et je mis le malade à l'emploi des bains frais de piscine.

En même temps, je le fis redoubler d'exercice. Ce nouveau traitement eut un plein succès ; en quelques jours le mieux fut sensible. Quinze jours plus tard, ce monsieur put retourner à Paris reprendre ses occupations habituelles. J'ai revu ce malade l'année suivante et j'ai pu me convaincre de la solidité de sa guérison.

OBSERVATION XIII

—

Dyspepsie atonique compliquée de grossesse, de fleurs blanches, de crampes d'estomac. — Guérison rapide par les bains de piscine.

—

Une jeune dame enceinte pour la première fois, d'environ quatre mois, à peau blanche, maigre et nerveuse, était sujette à des fleurs blanches et à de la cardialgie ; elle avait d'ailleurs l'estomac délicat, manquait souvent d'appétit et ne digérait pas toujours très-bien.

Cet état s'étant calmé, elle s'était mariée ; mais depuis deux mois, elle était reprise des mêmes symptômes qui cette fois se montraient plus intenses ; la maigreur avait fait de grands progrès ; l'estomac avait tout à la fois perdu le goût des aliments et la faculté de les digérer. L'ensemble de la santé se ressentait du trouble des fonctions digestives ; la malade était agitée, perdait le sommeil, se trouvait continuellement mal à son aise, elle envisageait l'avenir avec trouble.

Je mis cette intéressante malade à l'usage des bains tempérés de quarante minutes et à l'usage de l'Eau Thermale aux repas. Mais, m'apercevant qu'elle supportait parfaitement les bains, je la fis passer à ceux de piscine dès le sixième jour. Ces derniers produisirent un effet remarquable ; huit jours après les avoir commencés, les fleurs blanches avaient cessé ; bientôt l'estomac reprenait la plénitude de ses fonctions ; le sommeil devenait excellent, tout malaise cessait et au vingt-deuxième bain Mme *** quittait l'Etablissement avec toutes les apparences de la santé la plus parfaite.

Je sais que cette dame n'a pas éprouvé de rechute.

OBSERVATION XIV

—

Dyspepsie atonique avec disposition à l'hypocondrie, aux
vertiges. — Amendement considérable qui paraît avoir
abouti à la guérison par l'usage des Eaux.

—

M. C. F., âgé d'environ 55 ans, d'un tempérament nerveux, d'une constitution devenue délicate avec le temps,
occupant une position très-élevée dans l'administration
de la guerre, souffrait depuis longtemps de digestions
lentes et difficiles qui portaient à la tête. Il y éprouvait
tantôt un serrement très-douloureux, tantôt des sensations vertigineuses fort pénibles. Cela arrivait principalement le soir après dîner. M. C. F. qui aimait
beaucoup le monde, qui y brillait par l'aménité de
ses manières, par les charmes de son esprit, ne pouvait
plus le voir qu'avec crainte et répugnance. Les réunions
même de famille lui étaient à charge; il tendait chaque
jour à s'isoler davantage.

Savoir ce qu'il allait manger, comment il allait digérer, était pour lui tout une affaire. C'est dans cet état

qu'il vint à Bagnoles, il y a quelques années et que nous l'y vîmes.

Sa position nous parut beaucoup moins grave qu'à lui-même; nous commençâmes par le rassurer. Il fut mis à l'usage des bains tempérés; nous ne crûmes pas devoir passer à ceux de piscine; nous lui conseillâmes l'Eau Thermale aux repas, rougie avec le vin, beaucoup de promenade et d'exercice. Nous exigeâmes qu'il prît part à la vie commune et nous fîmes même tout ce qui était en nous pour la lui faciliter.

M. C. F. est resté vingt-deux jours à Bagnoles. Le malade nous a avoué qu'il n'aurait jamais cru retirer des Eaux l'avantage qu'il en avait recueilli; il dormait, il mangeait comme il n'avait pas fait depuis plusieurs années; ses forces, son agilité, la liberté de son esprit lui étaient revenues. Il est parti ravi, enchanté, se promettant bien de revenir l'année suivante si sa santé l'exigeait et, comme ce malade n'est pas revenu, nous ne doutons pas que cette amélioration considérable ne se soit maintenue.

OBSERVATION XV

—

Dyspepsie atonique de nature un peu flatulente avec crampes d'estomac. — Tendance au découragement. — Amendement considérable paraissant équivaloir à la guérison, particulièrement par les bains de piscine.

—

Un jeune vicaire de 36 ans, habitant un chef-lieu de département, nerveux, blond et un peu lymphatique, souffrait depuis deux ans d'une dyspepsie atonique dont les principaux symptômes étaient une défaillance stomacale, des digestions longues, pénibles, accompagnées de beaucoup d'éructations ; une perte d'appétit, des palpitations et quelquefois de la cardialgie ; alors aussi, désordres nerveux ; très-pénibles, perte du sommeil et propension très-grande au découragement. Tel était son état en 1865 lorsqu'il vint à Bagnoles.

Il fut mis à l'usage des bains tempérés, à celui de l'Eau Thermale aux repas, rougie avec le vin ; d'un demi-verre avant déjeuner, d'un autre de même avant dîner. Il obtint une notable amélioration d'un séjour d'une vingtaine

de jours. Revenu l'année suivante, on remplaça les bains
tempérés par les bains de piscine. Cette fois-ci l'amélioration fut plus décisive ; il partit après vingt-deux jours,
persuadé comme nous, que son état était désormais à
l'abri de toute rechute.

OBSERVATION XVI

—

Dyspepsie atonique avec tristesse et inquiétude morale
très-grande. — Amendement considérable et soutenu,
principalement par les bains de piscine.

—

Un vicaire de campagne, âgé de 36 ans, brun, d'un
tempérament qui a l'apparence du sanguin, d'une bonne
constitution, a éprouvé depuis trois à quatre ans, tous
les symptômes ordinaires des dyspepsies atoniques ;
il a des digestions longues, anxieuses, accompagnées de beaucoup de vents, de palpitations de cœur,
de douleurs et de malaises qui varient chaque jour.
Tout cela le porte à la tristesse, à l'inquiétude ; il se
palpe, il s'examine, il se tâte le pouls ; en un mot, il se
croit très-malade. Je pense que le mal procédait de per-

tes séminales auxquelles ce pauvre ecclésiastique était sujet. Je le traitais depuis deux ans ; ayant modéré la cause, j'étais parvenu à lui procurer un grand soulagement ; le moment me parut opportun d'essayer des Eaux de Bagnoles pour remonter le physique affaibli et le moral extrêmement chancelant et débile. Le malade vint aux Eaux et y prit par mes conseils les bains tempérés pendant six jours, les bains de piscine le reste du temps ; il but l'Eau Thermale aux repas, deux demi-verres entre les repas. Le malade ne put rester que dix-huit jours. Cependant une aussi courte saison a suffi pour rétablir sa santé. Je le vois assez fréquemment, il se loue beaucoup des Eaux, digère infiniment mieux et n'est pas tourmenté de palpitations comme avant. Ce malade a attribué sa grande amélioration aux bains de piscine.

OBSERVATION XVII

—

Dyspepsie atonique profonde et accentuée. — Amendement considérable et rapide par une quinzaine de bains de piscine.

—

M. B..., principal de collége dans une ville de quarante mille âmes, âgé de 44 ans, teint blafard, lymphatique, gras, était atteint depuis trois ans d'une dyspepsie atonique qui tendait de jour en jour à l'anémie.

A l'arrivée de ce malade il n'avait plus de goût ni de désir pour aucun aliment. Il mangeait très-peu et par raison ; il digérait longuement, laborieusement avec un mauvais goût dans la bouche et avec une langue blanche et décolorée ; il dormait mal et il éprouvait la plus grande peine à suffire à sa besogne, « il était grand « temps, me disait-il, que les vacances arrivassent ; « autrement je succombais à la peine, au bout d'un « quart d'heure d'études, je n'y voyais plus. »

Je mis d'emblée ce malade aux bains de piscine ; il lui fallait du ton. Le résultat ne s'en fit pas attendre. Si je l'en crois, dès le premier bain il se trouva mieux ; la vérité est que ce mieux progressa de jour en jour ; il but alternativement à chacun des repas de l'Eau Thermale et de l'Eau Ferrugineuse. Si ce malade n'eût pas été forcé de partir au seizième jour par un événement imprévu, la guérison était certaine. Il partit néanmoins avec une amélioration considérable et qui fit l'étonnement du public.

Les dix observations qui précèdent ne peuvent laisser aucun doute sur la grande efficacité des Eaux de Bagnoles dans les dyspepsies atoniques. Tous ces cas existaient depuis longtemps ; ils étaient tous très-accentués ; quelques-uns même faisaient désespérer des malades par

leur propre famille ; les divers traitements usités dans
ces circonstances avaient échoué et cependant dans une
moyenne de moins de trente jours, l'emploi des Eaux
Thermales les a guéris complètement ou tellement amé-
liorés que les malades mêmes regardaient cette amélioration comme une guérison.

Je ne saurais mieux terminer cet article consacré aux
dyspepsies, qu'en donnant deux observations où cette
maladie se trouvait sur-ajoutée à une inflammation chronique des voies digestives et dont la guérison a excité
dans l'Etablissement un étonnement général.

OBSERVATION XVIII

—

Dyspepsie greffée sur une gastro-entérite chronique. —
Maladie profonde et grave. — Guérison en deux an-
nées et en deux saisons, principalement due à l'usage
des bains tièdes prolongés.

—

Une demoiselle de 16 ans, encore très-enfant, à peine
formée depuis quelques mois, lymphatique au fond,
quoique avec un teint rosé, d'une assez bonne constitu-

tion antérieure, avait été prise trois mois avant de venir
à Bagnoles, de douleurs dans le ventre avec fièvre et
avec tous les symptômes d'une inflammation d'intestins.
Dans le principe, on avait attribué la maladie à une espèce
d'empoisonnement causé par l'ingestion d'une certaine
quantité de bonbons colorés. Mais, voyant la maladie
continuer et se développer comme les inflammations ordinaires, on abandonna cette opinion. Il paraît que l'inflammation d'abord limitée au tube digestif s'étendit au
péritoine; le ventre se tuméfia, devint très-douloureux;
des vomissements survinrent; des difficultés d'uriner;
les règles se suspendirent; l'appétit se perdit totalement;
tout ce que la malade prenait causait des pesanteurs,
des souffrances considérables ; elle maigrissait à vue
d'œil et cependant la fièvre avait déjà disparu depuis
longtemps.

Quand cette demoiselle arriva à Bagnoles, trois à
quatre mois après, et qu'on la vit descendre de voiture
dans cet état de délabrement, chacun se dit voilà une
jeune personne qui ne rentrera jamais chez elle. En
effet, maigre, décharnée, sans force, ne pouvant faire
quelques pas qu'à l'aide d'un bras, elle avait cette physionomie et ces traits particuliers qu'ont tous les sujets
gravement atteints du côté des voies digestives. La langue était blanche, saburrale, un peu rouge à la pointe
et à ses bords; il existait de la soif dans l'après-midi,

de la constipation modérée ; le ventre était toujours tuméfié, surtout à gauche ; sensible et douloureux à la pression ; les règles manquaient toujours, mais la malade avait la peau fraîche, était sans fièvre, bien que le pouls marquât quatre-vingts pulsations ; quoi qu'elle ne ressentît aucun appétit, elle pouvait cependant prendre quelques aliments légers qu'elle digérait, mais longuement et laborieusement, éprouvant à de certains jours comme des espèces d'indigestions qui ne duraient pas. Le sommeil était en général mauvais, continuellement interrompu.

Je considérai cet état comme une inflammation chronique du tube digestif et peut-être du péritoine, sur laquelle maintenant se développait une dyspepsie secondaire. En conséquence je prescrivis à la jeune malade des bains prolongés à 26° 1/2 Réaumur, 33° centigrades. On commença par les donner de vingt minutes et en peu de jours nous parvînmes à y faire rester la malade près d'une heure et demie. Après le bain je la faisais coucher pendant trois heures ; je ne lui permis l'Eau Thermale qu'aux repas, coupée avec de l'eau de chiendent ; j'arrivai peu à peu à la donner pure ; je la fis nourrir de viandes blanches, de légumes doux, proscrivant soigneusement les pâtisseries, les féculents, les crudités ; je lui fis teinter son eau avec de bon vin de Bordeaux ; je lui recommandai de prendre chaque jour deux tasses de lait sortant d'être tiré, de se faire mettre au soleil dans les bosquets du parc et de monter à âne aussitôt qu'elle le pourrait sans douleur et sans fatigue. Ce traitement eut un plein succès; dès le dixième jour cette maladie qui résistait depuis deux mois, commença de s'améliorer, le ventre se dégonfla, devint moins douloureux, l'appétit reparut, les digestions furent meilleures, la jeune malade put bientôt monter à âne. Ce n'est pas à dire néanmoins que la malade n'eût encore de mauvais jours. Mais ils devinrent plus rares et cette jeune personne put quitter l'Etablissement au bout de six semaines dans un état tellement satisfaisant que sa guérison prochaine était assurée. Effectivement, nous avons revu cette intéressante malade les deux années suivantes et nous avons pu constater que ces deux nouvelles saisons ont définitivement consolidé sa guérison.

OBSERVATION XIX

—

Gastro-entérite chronique, réfractaire et grave. — Gué-
rison par les Eaux de Bagnoles en boisson et en bains.
— Observation du docteur Gombault.

—

« Mme X... me fit demander dans le courant d'avril
« 1853. Cette dame, malade depuis plusieurs années,
« gardait complètement le lit, elle avait été soignée jus-
« que-là pour une gastro-entérite chronique. Je parta-
« geai l'opinion du médecin qui m'avait précédé ; le
« ventre était douloureux au toucher, il existait fré-
« quemment de la diarrhée ; l'amaigrissement était
« grand et la faiblesse extrême.

« Après avoir procuré quelque soulagement à la ma-
« lade et lui avoir rendu un peu de force je l'envoyai à
« Bagnoles ; elle y prit des bains, y but de l'Eau Ther-
« male pendant un mois ; elle revint à Versailles man-
« geant avec plaisir, digérant assez bien et ayant repris
« de la force. Elle retourna successivement plusieurs
« années à Bagnoles et chaque fois elle en revint dans

« un état meilleur. Depuis plusieurs années la santé de
« cette dame est complètement rétablie. » (*observation
du docteur Gombault, de Versailles*).

Cette malade ajoute l'excellent praticien auquel je la
dois, est à mes yeux une preuve vivante de la puissance
des Eaux de Bagnoles contre certaines maladies chroniques de l'estomac et de l'intestin.

SECTION 2ᵉ

—

De l'emploi des Eaux de Bagnoles dans le traitement
des maladies de peau.

—

Les anciens médecins qui ont écrit sur les Eaux
de Bagnoles avaient signalé leur efficacité dans ce
qu'ils appelaient les *psores*, les *gales* et en général
dans les affections cutanées. On retrouve ces expressions dans Geoffroi père et fils, qui écrivaient au
XVIIᵉ siècle, et Piette qui y pratiquait à la fin du
siècle dernier et dans le commencement de celui-ci
les regarde *comme d'un secours assuré contre les ma-*
ladies de peau. (Note manuscrite et inédite).

Néanmoins il faut arriver à ces derniers temps
pour trouver des notions exactes sur les maladies

de la peau, qui sont susceptibles d'être guéries par les Eaux de Bagnoles. A mon sens il n'y en a guère qu'une seule l'eczéma auquel on peut cependant ajouter le lichen et l'acué simple.

L'eczéma est de toutes les affections cutanées la plus connue. Devergie estime qu'à elle seule, elle représente le tiers de toutes les autres. Les cas qui guérissent le mieux à Bagnoles sont les eczémas sub-aigus, lorsque la période inflammatoire est en décroissance ainsi que les principaux symptômes d'acuité. J'en vois tous les ans guérir d'énormes et en quantité considérable. Ce sont même les [plus étendus qui guérissent le mieux et le plus sûrement.

Lorsque l'eczéma est plus chronique, sec et farineux, il guérit encore, mais facilement, moins sûrement, moins radicalement.

La proportion dans laquelle l'eczéma guérit aux Eaux de Bagnoles est très-grande, si l'on prend seulement les cas sub-aigus datant de moins de six mois, on trouve que la guérison s'obtient sur les trois quarts ; c'est du moins ce qui résulte d'un relevé de près de cent observations que je possède. Je signale ce résultat avec empressement aux praticiens de Paris et je le signale avec la confiance la plus absolue, certain que je suis de n'être pas démenti par l'expérience et par les faits.

La manière d'administrer l'Eau Thermale dans l'eczéma est des plus simples ; je fais prendre des bains d'une heure en commençant, je ne tarde pas à les prolonger une heure et demie, quelquefois jusqu'à près de deux heures, par une température qui ne dépasse pas, si c'est possible, 26° 1/2 Réaumur, 33° centigrades. Après le bain il est en général plus profitable que le malade ne se recouche pas. Je fais boire de l'Eau Thermale aux repas teintée seulement avec le vin, ou mieux de l'eau pure si le malade y est habitué. J'en donne de deux à trois verres entre les repas, le premier en sortant du bain, le second à quatre heures du soir, le dernier en se couchant. J'ai cherché bien des fois à m'expliquer la propriété des Eaux de Bagnoles dans l'eczéma sub-aigu ; je n'ai jamais trouvé d'autre explication à donner que la présence dans ces Eaux de cette espèce de barégine qui leur communique une onctuosité remarquable.

Voici plusieurs observations détaillées d'eczéma aussi remarquables que concluantes. Je commencerai par en emprunter quelques unes à la pratique d'un de mes confrères justement estimé, M. le docteur Vaulégeard, de Condé, dont tout le monde apprécie dans ce pays la grande probité scientifique et la rare délicatesse.

OBSERVATION XX

—

Eczéma sub-aigu sécrétant, datant de plusieurs années, très-étendu, rebelle aux traitements précédents, tenace et invétéré. — Guérison radicale par deux saisons, en deux années de l'emploi de l'Eau Thermale en boisson et en bains. — Observation de M. le docteur Vaulégeard, de Condé-sur-Noireau.

—

« Mᵐᵒ M..., âgée de 34 ans, lymphatique, mariée
« depuis seize ans, mère de trois enfants, ayant toujours
« joui d'une bonne santé, fut atteinte il y a environ dix-
« sept ou dix-huit ans, d'un eczéma simple qui se déve-
« loppa dabord autour des oreilles et plus tard au cuir
« chevelu. Cet eczéma fut surtout remarquable par là
« grande quantité d'humeur secrétée et par l'intensité
« des démangeaisons. Cette maladie dura deux mois
« avec des alternatives diverses.

« Les deux années suivantes, vers le mois de mars,
« l'affection cutanée reparut avec une nouvelle inten-
« sité, mais en s'étendant cette fois sur diverses parties

« du corps, aux aisselles, aux mains, etc., sans cepen-
« dant troubler beaucoup les fonctions générales de
« l'économie,

« Chaque année un traitement approprié fut mis en
« usage ; à l'extérieur les bains de différentes sortes,
« les cataplasmes, les poudres, etc. ; à l'intérieur les
« tisanes dépuratives, les purgatifs répétés, les sirops
« dépuratifs et toniques. Tout cela ne pouvait empêcher
« l'eczéma de se propager, de s'étendre et de persister
« à l'état chronique, sur certains points où il semblait
« vouloir se localiser. La malade avait à peine quelque
« soulagement à ses cuissons dans des moments fort
« courts. Cette dame d'après mes conseils alla prendre
« les bains de Bagnoles ; elle resta dans l'Etablissement
« cinq semaines environ, soumise à l'action des Eaux
« tant en bains tempérés qu'en boisson ; [elle revint non
« entièrement guérie, mais dans un état très-satisfai-
« sant. L'année suivante, elle retourna aux mêmes Ther-
« mes et cette fois rentra chez elle dans un état de
« guérison parfaite. Depuis lors, il y a de cela huit ans,
« cette dame n'a ressenti aucune atteinte d'une affection
« qui la faisait beaucoup souffrir, qui ne la contrariait
« pas moins, puisque la figure et la tête étaient enva-
« hies. La santé s'est conservée bonne, sans accidents,
« ni troubles maladifs d'aucune sorte. » (*Observation
communiquée par le docteur Vaulégeard*).

OBSERVATION XXI

—

Eczéma généralisé, datant de six ans, à forme muqueuse impétigineuse, réfractaire aux traitements antérieurs. — Guérison définitive par l'usage des eaux en bains et en boisson. — (Observation de M. le docteur Vaulégeard).

—

« Mme H..., âgée de 40 ans, tempérament éminemment
« lymphatique, mère de deux enfants, très-sujette aux
« affections bronchiques, mais jouissant au reste d'une
« assez bonne santé, était atteinte depuis cinq à six ans,
« d'un eczéma à forme muqueuse qui était passé dans
« ces dernières années à la forme impétigineuse.

« Cette maladie qui s'était développée d'abord et pen-
« dant les premiers mois des deux premières années au
« cuir chevelu, au front, autour des oreilles et sur quel-
« ques points de la face et du cou, avait fini par enva-
« hir successivement les bras, les cuisses et la majeure
« partie de la poitrine et du ventre. Combattue pendant
« ces cinq années par une foule de remèdes internes et

« externes, variés et énergiques, cette affection avec de
« nombreuses alternatives en bien et en mal, ne cédait
« ni au régime, ni aux traitements prescrits à la suite de
« plusieurs consultations de médecins renommés par
« leur mérite et par leur savoir.

« Ce fut dans ces circonstances que Mme H... se décida
« enfin, malgré les soins et les occupations de sa maison
« et de son commerce, sur l'avis que je lui en donnai,
« à se rendre aux Eaux de Bagnoles.

« L'effet de ces eaux dépassa bientôt tous les bons
« effets qu'on pouvait en attendre. Mme H... les prit en
« bains tempérés et en boisson selon l'usage ; on vit en
« quelques jours la sécrétion de l'humeur âcre et irri-
« tante s'adoucir, perdre de son abondance ; la peau des
« environs reprendre sa couleur naturelle, tous les symp-
« tômes locaux s'amender. Au bout d'un mois la guéri-
« son était très-avancée et se conserva telle jusqu'à l'an-
« née suivante. Mme H... ne manqua pas de retourner à
« Bagnoles cette seconde année ; elle en prit, comme la
« première fois, les bains tempérés et l'Eau Thermale
« en boisson. Cette fois-ci, l'effet des Eaux fut tel, que
« la malade conservant à peine quelques traces de son
« ancienne affection n'eut plus besoin de les reprendre,
« et que depuis, il y a de cela douze ans environ, la
« santé de cette dame ne s'est pas altérée. » (*Observation*
communiquée par le docteur Vaulégeard).

OBSERVATION XXII

—

Eczéma sub-aigu des extrémités inférieures à forme
squammeuse sèche, compliqué de dyspepsie. — Refrac-
taire à divers traitements. — Amendement considé-
rable par une première saison des Eaux comme ci-
dessus. — Guérison définitive par une seconde, un an
après. — (Observation du même).

—

« M. H..., âgé de 55 ans, fonctionnaire public, d'un
« tempérament bilioso-nerveux, ayant toujours joui d'une
« assez bonne santé, souffrait depuis cinq à six ans d'une
« éruption squammeuse et furfuracée ayant son siège sur
« les extrémités inférieures. Cette affection cutanée qui
« appartenait à l'eczéma, était sujette à de fréquentes
« exacerbations et déterminait alors un notable déran-
« gement dans la santé, consistant dans un trouble ca-
« ractérisé des fonctions digestives. Le régime de vie le
« plus régulier et le moins excitant, les tisanes dépura-
« tives, les sirops amers, les purgatifs, les bains gélati-
« neux, sulfo-alcalins, les pommades, les poudres avaient

« certainement et par fois, procuré des améliorations
« sensibles, mais jamais durables.

« Vivement contrarié et même attristé de l'insuffisance
« du traitement, M. H... voyant en outre les fonctions de
« son estomac se pervertir chaque jour davantage, de-
« manda un congé et prit le parti, sur mon conseil,
« d'aller aux Eaux de Bagnoles. Il y fut d'ailleurs poussé
« par le récit que lui firent plusieurs personnes qui
« avaient été guéries par ces Eaux, dans des cas sem-
« blables au sien. M. H... ne fut point trompé dans ses
« espérances ; l'usage en bains tempérés et en boisson,
« de la Source de Bagnoles, l'absence de toute fatigue,
« les promenades et les distractions qu'il trouva dans
« l'Etablissement amenèrent une amélioration des plus
« sensibles tant de la maladie de peau, que des fonc-
« tions digestives. Cette amélioration ne se démentit
« pas. Une seconde saison prise dans l'année qui suivit
« et une troisième l'année suivante, produisirent une
« guérison qui continue depuis 1850. M. H... jouit ac-
« tuellement d'une excellente santé. » (Observation communiquée par le docteur Vaulégeard).

OBSERVATION XXIII

—

*Eczéma généralisé de la moitié inférieure du corps, à
l'état sub-aigu, compliqué d'éruption furonculeuse et
d'un prurit excessif. — Guérison particulièrement par
les bains prolongés d'Eau Thermale.*

—

Un marchand de bestiaux, agriculteur et propriétaire,
fort et robuste, nerveux néanmoins, âgé de 60 ans, avait
éprouvé de violents chagrins domestiques à l'occasion
d'un mariage que sa fille unique avait fait contre son
gré. Comme beaucoup d'autres, il avait cherché à noyer
son chagrin dans le vin. Il abusa des liqueurs fortes.

Depuis quatre mois il lui était survenu à cette occasion
un eczéma très-aigu qui s'étendait de la base de la poitrine aux extrémités inférieures, en avant principalement. Le périnée, le scrotum et les aines étaient particulièrement atteints. Le grattage que déterminait un
insupportable prurit, avait ajouté à l'eczéma une éruption de grosses pustules qui ressemblaient à de petits
furoncles. Ces deux affections marchaient ensemble et la

peau des parties les plus atteintes était ridée, plissée et
très-notablement hypertrophiée. Sur la fin, les démangeaisons étaient devenues tellement excessives que le
malade jeté dans des agitations furieuses, en perdait
presque la tête. Je l'ai vu à son premier bain rester pendant deux heures dans son cabinet sans oser, sans vouloir en sortir, pour se livrer avec rage à la fureur de se
gratter. Cet eczéma secrétait peu, mais la peau était
rouge, couverte çà et là de quelques squammes, ru-
gueuse et épaissie aux bourses et au périnée, dans le
reste parsemée de furoncles comme je l'ai dit. Toutefois cette affection me parut être arrivée à la forme dé-
croissante, à la forme sub-aiguë.

Je mis sur le champ ce malade à l'usage des bains à
26° Réaumur, 32° 1/2 centigrades, de la durée de sept
quarts d'heure à deux heures. Il but trois verres d'Eau
Thermale entre ses repas et de la même Eau pure en
mangeant.

La première semaine, ce traitement eut raison du
prurit. Bientôt après, l'éruption des gros boutons cessa
complètement. Enfin, en quarante bains la peau fut nettoyée ; il restait à peine quelques taches, un peu de
rugosité vers le périnée, mais nulle démangeaison.

Ce malade a continué de se bien porter, s'est remis
avec ses enfants et je sais qu'aujourd'hui il est parfaitement rétabli.

OBSERVATION XXIV

—

Eczéma sub-aigu des parties supérieures récidivant à chaque instant, infructueusement traité. — Guérison définitive après un amendement considérable par l'usage des bains tièdes d'Eau Thermale.

—

Une demoiselle de 54 ans, grasse et forte, d'un tempérament lymphatique et sanguin, ayant naturellement la peau colorée, avait ressenti il y a environ un an, à la suite de tracasseries et de contrariétés dans sa localité, les premières atteintes d'un eczéma aigu avec rougeur vive à la peau (eczéma rubrum). Depuis trois mois, le mal s'était localisé à la figure, au cou, derrière les oreilles, à la tête et sur une partie de la poitrine. On l'avait vainement combattu pendant tout ce temps par le régime, par les purgatifs, par les boissons rafraîchissantes et par différentes tisanes. Fatiguée de l'inutilité des remèdes, cette demoiselle se décida à venir à Bagnoles. Je la vis alors et je trouvai la peau de la figure, du cou et de la poitrine très-irritée, rouge et cuisante. La secré-

tion était assez abondante ; mais ce qui était surtout
remarquable c'était l'effet que produisait l'exposition à
l'air, même le plus doux ; dès que cette demoiselle s'y
exposait au-delà d'une heure, le mal revenait à son intensité première. Alors la malade était agitée ; les parties
attaquées devenaient le siège de cuissons et de démangeaisons insupportables. La malade fut immédiatement
mise au traitement d'usage en pareil cas. Bains tempérés
prolongés, Eau Thermale en boisson, régime doux. Au
bout de dix à douze jours, je crus la malade guérie, tant
l'éruption paraissait calmée et tant la malade était tran-
quille. L'erreur ne fut pas de longue durée ; le lendemain une exposition en voiture de quelques heures avait
suffi pour ramener une partie du mal. On continua le
traitement avec plus de précaution vingt jours encore et
à cette époque l'eczéma passé dans la plus grande partie
de son étendue s'était transformé dans un lichen à
papules très-fines. Cette dernière éruption s'est dissi-
pée totalement dans les premiers mois qui suivirent le
départ de la malade. Depuis, la bonne santé de cette
demoiselle, que je vois très-souvent ne s'est pas démentie.

OBSERVATION XXV

—

Eczéma des extrémités inférieures, compliqué de goutte
et de dyspepsie. — Cessation de la douleur par l'usage
intus et extrà de l'Eau Thermale. — Disparition de
la Dyspepsie. — Guérison de l'eczéma qui n'est jamais
revenu.

—

Un négociant d'une riche et belle intelligence, fort et
bien constitué, d'une apparence sanguine, mais très-ner-
veux au fond, fut de très-bonne heure sujet à la goutte.
A l'âge de quarante-sept ans il en éprouva une attaque
furieuse, dans le mois de décembre 1853 et qui le retint
sans sortir jusqu'en mars. Cette attaque avait commencé
comme d'usage par les gros orteils; elle se porta bientôt
sur le genou droit, puis sur celui du côté opposé. Mais,
ce qui caractérisa principalement cet accès, ce fut une
complication que le malade n'avait point encore éprou-
vée. Il fut saisi d'un eczéma très-aigu qui envahit successivement les deux pieds et les deux jambes et qui se
déclara même jusque sur la figure. Aux deux extrémités

l'éruption fut tellement violente, qu'on les vit couvertes
de plaies et qu'il fallut à différentes reprises recourir à
des cautérisations de nitrate d'argent. L'estomac sous
l'empire de tant de souffrances ne pouvait rester à l'abri ;
il devint le siège d'horribles cardialgies que rien ne put
calmer, ni le bismuth, ni l'opium, ni les divers anti-spas
modiques.

En avril, après quatre mois d'intolérables souffrances,
le mal sembla se ralentir ; la secrétion de l'eczéma se
modéra , il se forma des squammes ; l'estomac devint
moins rebelle , les douleurs de goutte semblaient se
concentrer sur le genou droit resté seul douloureux
et gonflé. Bref le malade arriva graduellement à être
transportable aux Eaux de Bagnoles , dont la saison
n'ouvrait qu'en juin ; il s'y rendit dès cette époque. « J'y
« pris m'écrit-il, des bains tempérés, des douches légè-
« res, sur mon genou droit, qui put les supporter et je
« buvais de l'Eau de la Source abondamment. Au bout
« de peu de jours j'éprouvai un mieux sensible, et à la
« fin d'une saison d'environ trente jours, l'*eczéma avait*
« *à peu près disparu ; je mangeais* et *digérais très-bien,*
« je pouvais marcher. Il est certain en outre que j'ai
« éprouvé une grande amélioration dans mon état géné-
« ral, de mon séjour aux Eaux de Bagnoles et j'ai bien
« regretté de ne pouvoir y retourner dans les autres
« accès de cette maladie que j'ai éprouvés depuis. J'en

« ai été empêché par la multiplicité de mes occupa-
« tions. » J'aime à rapporter les expressions mêmes des
malades, car rien ne peint mieux ce qu'ils ont ressenti
et rien aussi ne pénètre mieux dans l'esprit du lecteur.
(*Observation communiquée par le malade*).

Je pourrais ajouter à ces six observations que je viens
de donner, bien d'autres observations que je possède.
Mais, je pense que j'allongerais sans fruit un travail
qu'on trouvera peut-être déjà trop long.

SECTION 3e

—

De l'emploi des Eaux de Bagnoles dans le traitement de
la paralysie.

—

La paralysie emporte aux yeux du monde l'idée
d'une maladie incurable. Aussi la guérison d'une
paralysie produit-elle toujours une impression profonde. Les anciens médecins qui avaient vu plusieurs paralytiques se guérir à Bagnoles en furent
vivement frappés et la légende du capucin qui après
y avoir recouvré l'usage des jambes, exécuta le
saut périlleux, en franchissant d'un seul bond l'espace qui sépare les deux aiguilles de rocher qu'on
remarque un peu à gauche et derrière la chapelle
est là pour l'attester. Toutefois la confusion qui

règne dans les faits qui nous sont parvenus, ne permet guère d'en tirer parti. Ce n'est vraiment que depuis peu de temps, que les progrès de la science ont rendu possible de saisir les véritables indications des Eaux Minérales dans les diverses paralysies. Les Eaux de Bagnoles en guérissent un certain nombre, elles en soulagent quelques-autres ; elles peuvent être nuisibles dans des cas que je déterminerai.

Voici ce que l'expérience m'a appris sous ce rapport : les paralysies générales qui surviennent à la suite des fièvres essentielles ou bien à la suite des inflammations aigues, paralysies dont M. Gubler s'est occupé avec succès dans ces derniers temps, sont celles qui se guérissent le mieux par les Eaux de Bagnoles. Du moins je puis assurer avoir vu guérir presque constamment tous les sujets qui étaient dans de bonnes conditions.

Il est d'autres paralysies que l'on doit rapprocher de celles-là. Ce sont celles qui surviennent sans lésion des centres nerveux, sans cause évidente directe, que Graves appelle des paralysies périphériques parce qu'elles semblent prendre naissance, non à l'origine des nerfs, mais à leur terminaison. Telles sont les paralysies rhumatismales entre autres. Je manque de faits pour me prononcer sur les paralysies qui ont leur raison d'être dans une affection des voies urinaires ; sur les paralysies dipthériques, sur celles qui sont de nature hystérique ; je donnerai une observation de guérison d'une paralysie qui m'a paru se rattacher, sur un sujet non aliéné, à la paralysie générale progressive.

On voit en un mot, que les paralysies dont on observe la guérison à Bagnoles, sont toujours des paralysies *sans matière,* comme on dit ; en d'autres termes des paralysies qui ne se rattachent à aucune lésion des centres nerveux. Parmi ces dernières j'ai vu néanmoins des paralysies qui de toute évidence dépendaient d'une maladie de la moelle épinière et qui ont trouvé dans l'usage des Eaux de Bagnoles, quelques-unes une guérison définitive, les autres plus nombreuses, une amélioration réelle et durable. J'en donnerai à la fin de cet article plusieurs observations qui ne laisseront aucun doute. Quant aux paralysies par lésion traumatique de la moelle, lorsqu'elles n'ont pas été jusqu'à la destruction de l'organe, lorsqu'elles sont curables, ces paralysies guérissent ici, en général fort heureusement par l'usage des bains et des douches. J'en ai observé de nombreux exemples, dans le temps que l'administration de la marine nous envoyait ses malades et ses blessés; en voici un entre beaucoup d'autres.

OBSERVATION XXVI

*Paralysie traumatique grave. — Guérison par les Eaux
de Bagnoles, principalement employées en douches.*

En 1840, un charpentier de marine du port de Lorient,
avait reçu sur les reins un violent choc, ayant été heurté
par un chaland, il en était resulté une paraplégie complète. Lorsqu'il fut transportable, il fut dirigé sur Bagnoles. La
motilité était complètement abolie, la sensibilité presque
éteinte, la vessie et le rectum fonctionnaient péniblement. Cet homme était fort et robuste, il avait été fréquemment saigné ; il prit ici environ quarante-cinq douches et soixante bains. Après deux mois révolus, nous
le renvoyâmes complètement guéri. Nous nous sommes
assuré qu'il n'avait éprouvé aucune rechute.

Il en est bien autrement des paralysies qui sont la
conséquence de l'hémorrhagie cérébrale ou du ramolissement du cerveau. J'ai vu ici je puis dire des centaines
d'hémiplégiques, qui devaient leurs paralysies à des
attaques d'apoplexie plus ou moins répétées ou bien à

des ramolissements probables du cerveau ; j'en ai vu fort peu de soulagés, encore moins de guéris.

Je dois même tout dire, parceque la vérité ne pouvant jamais nuire, éclaire constamment, beaucoup d'apoplectiques trouvent ici plutôt de l'aggravation que du soulagement et cependant ces Eaux sont très-douces ; que doit-il en être à ces Thermes où les Eaux sont très-actives. (Consulter GRISOLLE, *Traité de Pathologie*, t. Iᵉʳ, p. 759). Toutes les fois qu'un paralytique par hémorrhagie cérébrale ou par ramolissement, a le pouls plein, le sang à la peau, surtout à la face, tenez pour certain que le malade non seulement ne peut retirer aucun avantage des Eaux, mais au contraire qu'il y est exposé à de nouvelles attaques, soit après, soit même pendant l'usage qu'il en fait. Ce danger est plus grand, si c'est un homme, s'il a dépassé cinquante ans ; si la dernière attaque ne remonte pas au-delà d'un an. Voici des faits qui viennent à l'appui de ces propositions.

OBSERVATION XXVII

—

Hémorrhagie cérébrale avec hémiplégie consécutive. —
usage immodéré des Eaux de Bagnoles. — Nouvelle
attaque mortelle.

—

En 1833, je vis à Bagnoles le colonel d'un des régi-
ments suisses de la garde du roi Charles X. C'était un
petit homme énergique et sanguin qui avait été très-im-
pressionné de la révolution de juillet ; il avait eu une
première attaque d'apoplexie légère trois mois après cet
évènement, une seconde depuis six mois qui l'avait laissé
légèrement hémiplégique à gauche. Il venait aux Eaux
pour cette dernière incommodité. Lui trouvant le pouls
plein, le sang à la face, les yeux injectés, je lui donnai
le conseil de ne prendre qu'un bain de courte durée,
d'un jour l'un, pendant deux semaines seulement et de
s'abstenir des douches ; il ne m'écouta pas, il prit des
douches pendant un mois ; mais étant rentré à Lausanne,
dans sa famille ; il y fut frappé quinze jours après d'une
nouvelle attaque qui l'emporta sur le coup.

7

OBSERVATION XXVIII

—

Ramollissement du cerveau. — Faiblesse paralytique. —
Usage intempestif des Eaux de Bagnoles. — Mort
rapide.

—

En 1835, un riche propriétaire du Calvados, qui avait
acquis sa grande fortune dans le commerce et la spécula-
tion, vint à Bagnoles pour une légère hémiplégie qui tenait
évidemment à un commencement de ramollissement du
cerveau. Néanmoins, sa belle intelligence n'avait encore
que peu souffert ; seulement la conversation le fatiguait
très-vite. Ce malade nerveux mais peu sanguin, prenait des
bains tempérés de courte durée et se disposait à essayer de
quelques douches, lorsqu'au onzième bain, dans le moment où l'on se flattait d'avoir obtenu quelques bons
résultats des Eaux, il fut subitement saisi par des mouvements spasmodiques dans le côté affecté. A ces spas-
mes succédèrent promptement une raideur tétanique, de
l'agitation, de la somnolence du côma, de la sterteur
dans laquelle il s'éteignit le neuvième jour à dater du
début de ces graves symptômes.

OBSERVATION XXIX

—

Trois sujets hémiplégiques et sanguins. — Usage intem-
pestif des Eaux. — Mort soudaine et rapide de l'un
d'eux. — Fuite des deux autres.

—

Trois ecclésiastiques des environs vinrent ici dans le
mois de juillet 1866, tous les trois plus ou moins hémiplégiques, tous les trois ayant le sang à la face, le pouls
plein et les traits principaux du tempérament sanguin.
Je fus très-contrarié de l'arrivée de ces trois malades ;
je cherchais un honnête prétexte de les renvoyer lorsque l'un d'eux à la sortie de son troisième bain tempéré
de vingt minutes de durée fut jeté sur le carreau par
une soudaine attaque d'apoplexie à laquelle il ne put
survivre que sept jours. Les deux autres effrayés quittèrent heureusement l'Etablissement.

La manière dont on doit administrer les Eaux de Bagnoles dans les paralysies mérite une attention particulière. Dans celles qui succèdent aux fièvres essentielles,
aux inflammations aiguës, j'ai coutume de débuter par

les bains tempérés pour passer bientôt après aux bains de piscine, puis aux douches à la température de la Source. J'alterne souvent les uns et les autres ; j'ai quelquefois recours aux Douches Ecossaises.

Dans les paralysies rhumatismales , j'ai recours au contraire aux bains chauds de 27° Réaumur au moins , 33° 1/2 centigrades et aux douches aussi élevées que les malades les peuvent supporter. Ces douches Ecossaises trouvent ici bien plus rarement leur application. Je fais généralement donner dans les paralysies rhumatismales la douche avant le bain. Les cas sont rebelles, ils demandent un long traitement, il ne faut pas se décourager.

Les observations de guérison que je vais donner prouveront, je l'espère, combien les Eaux de Bagnoles sont efficaces contre des maladies aussi graves que le sont les paralysies et combien ces Eaux sont plus appropriées à ces maladies par la douceur de leur action que ces Thermes actifs et violents auxquels on a pourtant coutume d'envoyer les sujets qui en sont atteints.

OBSERVATION XXX

—

Paralysie générale, suite de fièvre typhoïde. — Cas grave
en apparence. — Guérison rapide par l'usage des bains
et des douches d'Eau Thermale.

—

Au mois de juillet 1865, le nommé Roussel, âgé de 60
ans, de la Ferté-Macé, homme de peine, d'un tempérament nerveux, mais doué d'une assez bonne constitution,
avait éprouvé une fièvre typhoïde grave et longue. La
convalescence fut surtout pénible et imparfaite, car la
guérison de la fièvre ne s'obtint qu'au prix d'une paralysie générale, qui ne céda à aucun moyen. Ce malade
était traité par un médecin expérimenté, le docteur
Niaux père.

Un an après, la paralysie continuant toujours, il obtint
son admission gratuite aux Eaux de Bagnoles; il y fut
conduit en charrette; c'est à peine s'il pouvait faire quelques pas avec le secours de deux béquilles; ses mains
étaient si faibles qu'il fallait l'aider dans tous les besoins
de la vie; cependant il mangeait et dormait suffisamment.

Il faut noter, ainsi qu'il arrive presque toujours en pareil cas, que la sensibilité était presqu'intacte.

Ce malade prit pendant un mois des bains tempérés, des douches également tempérées, sur la colonne vertébrale et sur toute l'habitude du corps; but de l'Eau Thermale à ses repas, deux verres entre ses repas, l'un en sortant du bain, l'autre dans l'après-midi.

Dès la fin de la première semaine, Roussel abandonna ses béquilles et se contenta de deux bâtons; il pouvait marcher dans la cour; à la fin de la troisième, il se promenait dans le parc avec un seul bâton et au bout de trente jours, la saison étant terminée, il regagna son domicile à pied et fit ainsi six kilomètres sans difficulté.

OBSERVATION XXXI

—

Paralysie, suite de fièvre typhoïde. — Amendement et guérison par les bains de piscine et par les douches Ecossaises.

—

Mme Leroy, jeune femme de 21 ans, de l'arrondissement d'Argentan, bonne constitution, d'une excellente

carnation, avait éprouvé l'hiver précédent une fièvre
typhoïde grave, à forme ataxique. Quand cette dame fut
en convalescence elle s'aperçut bientôt d'une faiblesse
excessive dans les jambes, c'était une paraplégie.

En juillet 1866, Mme Leroy rétablie de la fièvre depuis
plusieurs mois, fut envoyée à Bagnoles pour se guérir de
sa paralysie. Voici quelle était alors sa situation : l'habitude du corps et les apparences sont excellentes; cette
dame est grasse et fraîche; elle mange bien et dort pas-
sablement; toutes les fonctions s'exécutent, mais lorsqu'elle veut marcher, au bout de vingt pas elle commence
à sentir ses jambes de plomb; et, vingt pas plus loin,
elles sont si pesantes, si engourdies, qu'elle finit par ne
plus pouvoir les déplacer. En même temps elle ressent
une pesanteur, une courbature énorme dans les reins,
qui dégénère promptement en douleur profonde et gra-
vative. Comme dans l'observation précédente, la sensibilité est conservée; la malade se lève tard, se couche
avant la nuit et reste sur son lit la moitié du jour; à partir
de trois heures après midi, elle ne peut plus marcher du
tout.

Je mis sur le champ cette malade à l'usage des bains de
piscine et des douches Ecossaises alternativement. En
dix-neuf bains ou douches Mme Leroy ne se recouchait
plus dans le jour; se promenait dans le parc; y restait
des jours entiers; sentait ses reins assouplis, fortifiés, ses

jambes légères ; en un mot touchait à la guérison. J'aurais voulu conserver cette intéressante malade quelques
jours de plus, mais les occupations de son mari la rap-
pelaient impérieusement. Je sais que la guérison a pro-
gressé et qu'elle est actuellement complète.

OBSERVATION XXXII

—

Paraplégie ancienne et réfractaire chez un enfant, suite
de fièvre typhoïde. — Guérison en 25 jours par les
bains de piscine et les douches fraîches.

—

L'enfant Chamoissière, du département de la Mayenne,
âgé de douze ans, avait eu à l'âge de deux ans une maladie aiguë que le médecin du pays avait dit être une fièvre
typhoïde. Il paraît que cette maladie affecta la forme
cérébrale. Depuis lors, ce sujet est resté affligé d'une paraplégie avec conservation de la sensibilité.

Dans le principe, la paraplégie fut complète ; la vessie
et le rectum, autant qu'on en pouvait juger, ne furent
point atteints. On avait essayé vainement toute espèce de
remèdes ; la paralysie persistait et voici l'état de ce jeune

malade lorsque sa mère le conduisit à Bagnoles à la fin de juin 1866.

La santé générale est assez bonne; l'enfant mange et dort; l'ensemble des fonctions s'exécute; il a l'intelligence ordinaire à son âge. Quant à la paraplégie, voici ce qui en est : il ne peut guère marcher dehors qu'avec le secours de la main; il déjette ses jambes par des mouvements irréguliers, comme saccadés, qui font que, heurtant le sol à chaque instant, il chancelle incessamment et tomberait indubitablement à chaque pas, s'il n'avait un secours étranger.

Je fis immédiatement passer le jeune malade à l'emploi des bains de piscine et aux douches fraîches, à la température de la source, le long de la colonne vertébrale et sur les membres paralysés. Au bout de 25 jours, l'amélioration était considérable; l'enfant marchait seul et sans aide; ne déjetait plus qu'une seule jambe et même légèrement; il se promenait à jours entiers dans la campagne. La mère demandant instamment à rentrer chez elle, je lui permis d'emmener son petit malade et j'ai appris sans surprise que depuis, la guérison s'était consolidée.

OBSERVATION XXXIII

—

Paraplégie chez un adulte, consécutive à une variole confluente. — Guérison radicale en trente jours, par l'usage des douches et des bains d'Eau Thermale.

—

Une servante de campagne, âgée d'environ quarante ans, eut une variole assez grave dont elle guérit néanmoins; mais dans sa convalescence elle s'aperçut bientôt que ses jambes lui refusaient le service. Elle était effectivement atteinte d'une faiblesse paralytique dans les extrémités inférieures; c'est à peine si elle pouvait faire quelques pas, ses jambes titubant et vacillant à chaque instant. La santé générale du reste était assez satisfaisante.

Arrivée à Bagnoles elle y prit les bains tempérés et les douches de même nature, pendant 30 jours. La guérison qui fut complète ne s'est pas démentie depuis.

OBSERVATION XXXIV

—

Paraplégie sur un enfant de huit ans, consécutive à une affection aiguë de la moelle ou de ses enveloppes, — Amendement considérable et progressif par l'usage des bains de piscine et des douches fraîches.

—

Une jeune fille de huit ans, présentant quelque chose de nerveux dans toute sa personne, était atteinte depuis plus d'une année d'une paraplégie, suite d'une maladie aiguë. Il me paraît probable, d'après les symptômes éprouvés par cette enfant, que cette maladie a dû consister dans une méningite spinale ou dans quelqu'affection analogue portant sur la moelle ou les enveloppes.

La jeune malade arriva à Bagnoles en juin 1866, elle était dans l'état suivant :

La paraplégie est incomplète; l'enfant marche en titubant, en déjetant ses pieds par des mouvements irréguliers, heurtant le sol à chaque pas et ne pouvant exécuter la marche avec sûreté qu'avec le secours d'une main étrangère; le côté gauche est plus affecté que le droit, la jambe de ce côté est amaigrie ; la sensibilité est conservée. L'enfant est devenu incommode, irritable, quelquefois insupportable. La santé générale s'est ressentie longtemps de la maladie aiguë par laquelle a débuté la paralysie actuelle ; depuis deux mois elle s'est sensiblement améliorée. Je remarque néanmoins qu'il existe encore, le long du rachis, deux ou trois points visiblement sensibles et douloureux à la pression.

Cette petite malade fut mise aux bains tempérés pendant les huit premiers jours ; je la fis passer ensuite aux bains de piscine. Vers les quinze derniers jours elle fut mise en outre à l'usage de douches à la température de la source, de courte durée, sur les reins et sur les membres paralysés.

Le résultat du traitement ne fut satisfaisant qu'au trentième jour ; la petite malade marchait seule très-aisément, lorsqu'elle se promenait doucement et tranquillement ; il fallait beaucoup d'attention pour s'apercevoir d'un reste d'incertitude dans la jambe gauche. En octobre suivant, j'ai reçu une lettre de la famille qui m'apprenait que le membre gauche précédemment amaigri avait bientôt repris le volume de l'autre et que la guérison continuait de progresser.

Les quatre observations qui précèdent se rapportent à ces paralysies qui succèdent aux fièvres ou aux inflammations et que j'ai signalées comme étant particuliè-

rement curables par les Eaux de Bagnoles. En voici
une autre dans laquelle la paralysie ne m'a pas
paru facile à classer. La guérison qui s'en est suivie a
frappé d'étonnement toute la population de l'Etablissement qui en a été temoin.

OBSERVATION XXXV

—

*Paraplégie d'une nature inconnue chez un enfant, da-
tant de deux mois. — Guérison rapide et surprenante
par les bains de piscine.*

—

Dans le mois de juillet 1865, on amena aux Eaux de
Bagnoles un petit garçon de 4 ans 1/2, nerveux et lymphatique, procédant d'un père atteint d'affection paralytique. Cet enfant jusqu'alors bien portant avait eu, il
y avait environ deux mois, étant à la campagne, une
seule et unique convulsion. Dans les jours qui suivirent, on ne s'aperçut de rien ; mais vingt jours plus
tard, l'enfant étant à la promenade fut subitement frappé
d'une faiblesse dans les jambes qui le fit tomber. On ne
saisit pas bien la cause de l'accident. Mais, dès le lende-

main il n'y avait plus doute, la chute de la veille était
bien une paraplégie commençante. Les jambes s'affaibli-
rent de plus en plus. L'enfant titubait, déjetait les pieds
avec irrégularité, s'accrochait aux meubles et malgré
tout cela s'affaissait sur lui-même, sans vouloir marcher
davantage. Ni la vessie, ni le rectum n'étaient atteints et
la sensibilité était conservée.

Tel était son état, lorsqu'il me fut confié par sa famille
en juillet 1865, pour lui faire prendre les Eaux de Bagnoles.

Je constatai que le rachis était intact, il n'y existait ni
déformation ni sensibilité, soit à la pression, soit à l'é-
preuve de l'éponge mouillée. Même intégrité du côté du
cerveau. La maladie de ce jeune enfant, qui avait été vu
par un praticien des plus expérimentés, M. le docteur
Hatton, de Fresnay-sur-Sarthe, n'avait pu être arrêtée
ni même améliorée. Il était évident au contraire que
depuis son apparition, chaque jour on voyait l'aggravation.

Je conseillai d'emblée et sur le champ l'usage des
bains de piscine et deux fois le jour l'emploi du liniment
de rosen sur la colonne vertébrale ; au troisième ou qua-
trième bain, l'enfant nous opposa par pur entêtement,
une très-grande résistance à prendre son bain. Mais,
l'ayant menacé de le plonger tout habillé dans la piscine,
il céda et depuis, nous n'eûmes plus aucun désagrément.

Au quinzième jour, l'enfant qu'on conduisait au bain dans une petite voiture à son usage, non-seulement marchait seul, mais *traînait lui-même sa propre voiture* dans la cour de l'Etablissement. Tout le monde l'a pu voir, tout le monde l'a vu, tout le monde en a été stupéfait. Depuis, la guérison ne s'est pas démentie ; il n'y a pas d'inconvénient, je pense, à le nommer. Cet enfant appartient à l'une des plus honorables familles de ce département, à M. de Moloré.

L'observation suivante nous donne un exemple d'une paralysie rhumatismale guérie par les Eaux de Bagnoles.

OBSERVATION XXXVI

Paralysie des extrémités principalement, de nature rhumatismale. — Guérison par les bains et les douches d'Eau Thermale.

En 1844, un maître maçon de la commune de Saint-Julien, dans la Mayenne, âgé d'environ 46 ans, lymphatique, gras, d'une forte et bonne constitution, après avoir travaillé tout le mois de septembre précédent dans

l'eau et la vase, à la réparation d'une écluse et d'un
moulin, avait pris un rhumatisme aigu et fébrile, qui
l'avait retenu au lit tout l'hiver; il avait fait toutes sortes
de remèdes; notamment il m'assura s'être fait suer et
avoir mouillé, prétendait-il, plus de cinq cents chemises.
Il en arriva à un amaigrissement et à un épuisement considérable. La fièvre et les frissons le quittèrent en avril.
Mais, quand il voulut essayer de sortir de son lit, il s'aperçut bien vite non-seulement que les jambes ne voulaient
plus le porter, mais qu'elles refusaient d'obéir à sa volonté;
il les traînait péniblement, incomplètement sur le sol,
sans pouvoir parvenir à y exécuter aucune progression.
Bien plus, il n'avait la perception des objets par le toucher que comme s'il y avait eu une toile interposée. Cependant, les articulations à peine gonflées n'étaient plus
douloureuses; il les sentait seulement sans force; l'appétit était bien émoussé et le sommeil, depuis si longtemps perdu, n'était point encore revenu; il vint à Bagnoles dans la fin de juin et y resta deux mois, il y fut
amené dans une charrette. Dans les premiers jours on
était obligé littéralement de le porter dans son bain. Je
lui fis, pendant tout le temps, prendre des bains à 27° Réaumur, 33 1/2 centigrades, d'une heure au commencement, souvent de deux heures à la fin.

Il commença d'éprouver du soulagement vers le
vingtième bain; il buvait de l'Eau Thermale abondam-

ment. Alors je commençai les douches, je les lui donnai aussi chaudes qu'il put les supporter. Au quarantième jour, il marchait sans bâton dans la cour et se promenait un peu dans le parc. Au soixantième il se trouvait assez rétabli pour entreprendre de s'en aller à pied regagner à trois heures de là son domicile et essayer peu à peu de se remettre à ses travaux. J'ai revu bien des fois ce maçon et je puis assurer que la guérison n'a subi depuis aucune rechute.

Les trois observations qui suivent ont trait à des paralysies consécutives, à des affections de la moelle. Je commence par la plus intéressante. J'aurai soin de laisser, autant que possible, parler celui qui en est le sujet ; l'excellent docteur Fauvel, d'Argentan, l'un des praticiens les plus justement estimés du pays.

OBSERVATION XXXVII

—

Paralysie générale aiguë chez un médecin. — Bienfait des Eaux de Bagnoles. — Observation personnelle du docteur Fauvel, d'Argentan.

—

« C'est le 8 août 1863, m'écrit-il, que débuta ma ma-
« ladie par un symptôme auquel je ne fis d'abord que

« peu d'attention. Le lendemain à mon lever, ma démar-
« che était vacillante, bientôt je ne pus me soutenir qu'en
« prenant un point d'appui le long des murs de ma
« chambre, et dans l'après-midi, je fus obligé de me
« mettre au lit, que je ne devais plus quitter, jusqu'à la
« fin de cette affection, qui a été si périlleuse et si
« grave.

« Six jours après, j'étais paralysé de la tête aux pieds.
« Les sphincters mêmes, partagèrent cet état général,
« de manière que je tombai dans le dégré d'infirmité le
« plus grand.

« La paralysie avait commencé par les membres infé-
« rieurs qui s'engorgèrent. Presque aussitôt le ventre
« devenu insensible se météorisa énormément ; enfin,
« la paralysie continuant de monter, atteignit les mus-
« cles costaux, les membres supérieurs jusqu'à la face,
« dont la bouche se dévia du côté gauche. Un œil était
« presque sorti de son orbite. Cependant, malgré la
« fièvre et la fréquence du pouls, la faculté de penser
« demeurait intacte à ce point que je possédais la notion
« exacte et complète de la gravité de ma position.

« Bientôt, continue-t-il, la perversion des sensations
« fut telle, qu'au moindre mouvement, au moindre con-
« tact je ressentais des commotions comme électriques
« dans les membres paralysés. J'étais jour et nuit occupé
« à me faire changer de position, n'en pouvant suppor-

« ter aucune plus de huit à dix minutes ; ma bouche
« devint tellement aride et desséchée que j'éprouvais le
« sentiment d'une soif ardente ; mais si j'approchais de
« mes lèvres un liquide quelconque, sur le champ il me
« produisait un sentiment de brûlure et de corrosion. »

Le malade eut encore des hallucinations et des plus
singulières. Un jour, il voyait sur la tête de la religieuse
qui le veillait un saltimbanque qui faisait des voltiges
avec son bâton d'équilibriste.

Un autre jour c'étaient des hallucinations d'un autre
sens ; ce qu'il éprouva sous ce rapport serait trop long
à raconter. Toutefois, chose bien digne d'être notée, les
hallucinations n'étaient que dans les sens mêmes, car le
malade savait parfaitement que ces objets fantastiques
n'existaient pas.

Le péril devint extrême ; un soir se trouvant plus mal,
la religieuse, sur la recommandation qui lui en avait été
faite, l'avertit qu'il était grand temps de recevoir les
Sacrements. En effet, nul ne conservait d'espoir. Néanmoins, après un certain temps, le danger de mort cessa ;
le malade se remit lentement, il lui resta une *faiblesse
paralytique* si considérable dans les deux jambes qu'il
croyait qu'il ne pourrait jamais de sa vie exercer la
médecine.

C'est dans un état voisin de celui-là, qu'il vint aux
Eaux de Bagnoles, dix mois après l'invasion du mal, en

juin 1864, dans la pensée que ces Eaux salutaires seraient
utiles à son rétablissement.

A cette époque l'enflure persistait toujours, elle mon-
tait jusqu'aux cuisses ; les pieds étaient tellement gonflés
que le malade portait par nécessité d'énormes chaussu-
res de goutteux. Il prit les Eaux comme on le fait en
pareil cas, en bains tempérés et en douches. Quoiqu'il
fût évident que la maladie se trouvât déjà et avant les
Eaux en voie de guérison, l'effet de celles-ci n'en
fut pas moins marqué. En effet, vers la fin de la première saison, ayant reçu la visite de plusieurs de ses
amis d'Argentan, le malade les accompagna dans leurs
promenades jusque dans la campagne, sans s'apercevoir
et se douter qu'à la fin il avait fini par faire plus d'une
lieue à pied, ce qu'il n'aurait jamais osé tenter ni pu
faire dans les premiers jours de son séjour ici. Bref, le
malade, si bon juge dans la question, finit en m'adres-
sant son observation par cette déclaration : « je conti-
« nuerai de prendre les Eaux de Bagnoles, bien persuadé
« qu'elles me favorisent et m'entretiennent dans une
« voie d'amélioration telle qu'elle finira, je l'espère, par
« une guérison complète.

Pour compléter cette observation, que l'on trouvera
sans doute comme moi des plus intéressantes, j'ajouterai que M. le docteur Fauvel est sexagénaire, qu'il avait
à plusieurs reprises éprouvé des lombagos assez violents

pour le réduire à un repos absolu ; qu'il est d'une bonne
et forte constitution, d'une excellente carnation et que
pendant la période aiguë et fébrile de sa maladie, aucun
des moyens employés n'avait produit de résultat.

OBSERVATION XXXVIII

—

Paraplégie symptômatique d'affection de la moelle. —
Guérison par l'usage de l'Eau Thermale en bains et
en douches tièdes.

—

Une demoiselle de 17 à 18 ans, qui vivait dans une
pension religieuse et qu'il était question de marier, d'un
tempérament lymphatique, à teint frais et rosé, grosse
et grasse pour son âge, avait été prise plusieurs
mois avant de venir à Bagnoles de frissons, de fièvre,
de dérangement dans les règles, de douleurs gravatives
dans toute la colonne vertébrale et bientôt après d'en-
gourdissements, de fourmillements et de faiblesse dans
les extrémités inférieures. A son arrivée dans l'Etablissement, je la vis ; la fièvre était passée depuis longtemps,
elle n'avait duré que huit jours. Je constatai que la co-

lonne vertébrale était toujours très-douloureuse à la pression, dans cinq ou six points ; que ses jambes n'obéissaient qu'imparfaitement à sa volonté ; qu'elle pouvait à peine se soutenir ; qu'elle chancelait, vacillait ; enfin qu'il lui était impossible de marcher seule et même de marcher au-delà d'une vingtaine de pas. La sensibilité toutefois ne paraissait que faiblement altérée et la paralysie se bornait là ; le mal ne faisait plus de progrès depuis plus de deux mois.

La religieuse qui l'accompagnait me fit part des projets qu'on avait sur cette demoiselle, mais la marier en pareil état, me parut une idée incompréhensible.

Je conseillai les bains tempérés, les douches en arrosoir sur la colonne vertébrale et sur les extrémités ; huit jours plus tard les douches en un seul jet.

Ce qui me surprit au dernier point, c'est que revenant la voir quinze jours après, je trouvai la malade infiniment mieux. Elle commençait à marcher seule et sans appui ; elle sentait, disait-elle, ses forces revenir à vue d'œil dans les jambes. Effectivement, au vingt-cinquième jour elle quittait l'Etablissement mieux encore, mais non pas guérie.

J'ai su depuis que la guérison avait continué de progresser ; si bien qu'elle s'est mariée et qu'aujourd'hui elle se porte parfaitement.

OBSERVATION XXXIX

—

Paraplégie symptômatique d'une myélite chronique. —
Guérison surprenante par l'usage de l'Eau Thermale
en bains et en douches. (Observation du docteur Gom-
bault).

—

Je dois l'observation suivante à M. le docteur Gombault dont j'ai parlé. Je ne pense pas qu'on puisse en
produire de plus probante.

« Mme *** était atteinte depuis environ trois ans, d'une
« myélite chronique dans la région lombaire. Cette ma-
« ladie avait occasionné une paralysie incomplète des
« membres inférieurs et pourtant assez avancée pour
« l'empêcher de marcher et l'obliger à se faire porter
« d'un étage à l'autre de ses appartements.

« Sur ma recommandation et d'après mon conseil,
« elle se rendit à Bagnoles, redoutant excessivement
« l'effet du nouveau traitement qu'elle devait y subir.
« J'y étais alors, et je lui fis administrer sur la colonne
« vertébrale des douches d'abord légères et peu prolon-

« gées ; puis progressivement plus fortes et plus lon-
« gues ; elle restait après sa douche vingt ou vingt-cinq
« minutes dans son bain d'Eau Thermale.

« Ce traitement réveilla légèrement les douleurs lombai-
« res éteintes depuis longtemps. Néanmoins, il rendit de la
« force à la malade, dont les membres inférieurs exécu-
« tèrent un certain nombre de mouvements qu'elle ne
« pouvait pas faire avant son arrivée. Mais, un mois
« après son retour à Versailles, le mieux se manifesta
« d'une manière remarquable et progressa très-sensible-
« ment pendant trois à quatre mois.

« L'année suivante, Mme *** retourna à Bagnoles ; elle
« y suivit le même traitement que l'année précédente et
« elle en obtint un aussi bon résultat.

« Depuis longtemps Mme *** marche très-librement,
« sans soutien, sans canne et sans éprouver la moindre
« fatigue; sa guérison est complète.

« Je considère, ajoute M. le docteur Gombault, la gué-
« rison de cette dame comme l'un des plus beaux succès
« qui se puisse obtenir par les Eaux. »

L'observation suivante diffère un peu des autres et se
rattache selon moi aux paralysies progressives générales
sur des sujets non aliénés.

OBSERVATION XL

—

Paralysie progressive générale. — Guérison par l'usage
des bains et des douches d'Eau Thermale.

—

Un monsieur, âgé de 44 ans, brun, sec et nerveux,
fonctionnaire dans une grande ville, avait été grand
chasseur et comme tel il avait éprouvé beaucoup de fatigues et fait bien des imprudences, chassant à outrance
dans les bois, dans les marais, par les plus mauvais
temps et dans les plus détestables saisons. Il y a quinze
ans il éprouva tout à coup une grande impuissance de
locomotion, à ce point qu'en peu de jours, c'est à peine
s'il pouvait se servir de ses membres. Cela fut imputé à
une affection de nature rhumatismale, portée sur la
moelle épinière, ou sur ses enveloppes.

Sous l'influence de bains et de douches de vapeur, de
frictions stimulantes, une guérison momentanée s'opéra,
mais s'opéra lentement.

Quinze ans plus tard, deux mois avant l'arrivée du
malade à Bagnoles, c'est-à-dire à la fin de mai 1866, il

est survenu une rechute, qui a commencé par les extrémités et qui montant insensiblement, a conduit le malade
au point de ne pouvoir écrire, de ne pouvoir s'habiller,
de ne pouvoir à table se servir et couper les morceaux,
de ne pouvoir marcher qu'en titubant avec le secours
d'un bras, sans risque de tomber à chaque pas et même
avec cet aide, de ne pouvoir aller au-delà d'une vingtaine
de pas. La sensibilité générale est très-émoussée. Le malade ne sent les objets au contact que comme à travers
un tissu. Les selles sont rares et difficiles ; il lui faut à
chaque fois des pilules fortement purgatives. Il urine
difficilement ; le premier jet ayant de la peine à s'effec-
tuer. Il éprouve des palpitations, des oppressions, une
certaine faiblesse de tête ; tout cela le prend et le quitte
à chaque instant. Je n'ai pas trouvé, soit à l'épreuve de
la pression, soit à celle de l'éponge mouillée, un point
suffisamment sensible dans l'épine dorsale pour en tirer
quelque conséquence. Tel était l'état dans lequel je vis
ce malade à la fin de juillet ou dans le commencement
d'août 1866.

Depuis huit jours, il y avait de la rémission dans les
symptômes ; cet amendement était survenu brusquement ;
le malade commençait à se servir de ses mains avec
utilité, ce qui ne lui était pas arrivé depuis plusieurs semaines.

Je fis mettre cet intéressant malade à l'usage des bains

tempérés, pendant 30 minutes d'abord, 40 ensuite; à celui des douches tièdes au début; je passai bientôt à l'usage des douches Ecossaises. Au bout de vingt-deux jours, ce monsieur obtint une amélioration considérable; il pouvait écrire, s'habiller, se servir à table, couper ses morceaux, marcher sans le secours d'un bras, sans vaciller, avec une canne seulement; toutefois il ne pouvait encore se promener dans le parc comme les autres et l'on voyait manifestement que la marche n'était pas suffisamment assurée; les fonctions de l'intestin restaient aussi dans l'inertie.

Mais au 1er décembre suivant, une lettre de son médecin, me marque *que la guérison n'a cessé de progresser et que, sauf encore un peu de faiblesse paralytique, qui tendait à disparaître, les fonctions de l'inervation étaient complétement revenues.*

De quelque façon qu'on interprète cette observation, elle m'a paru fort intéressante. J'ignore quelle est l'opinion des médecins distingués qui ont envoyé ce malade à Bagnoles; mais pour ma part, je ne regarde pas comme démontré que cette paralysie appartienne à une lésion matérielle de la moelle ou de ses enveloppes; je suis plutôt porté à l'envisager comme une paralysie générale progressive, dont j'ai vu plusieurs exemples très-semblables à celui-ci sur des personnes non-aliénées. Parmi ceux que j'ai vus, l'un d'eux beaucoup plus entrepris que

le malade de l'observation qui précède, a guéri rapidement en 16 jours, par l'électricité appliquée avec l'appa-
reil Legendre et Morin et si ce n'était la crainte de pa-
raître prolixe, j'aurais donné ici cette observation vraiment curieuse.

SECTION 4e

—

De l'emploi des Eaux de Bagnoles dans le traitement
de la chorée.

—

La chorée ou danse de Saint–Guy, guérit constamment par les Eaux de Bagnoles ; du moins
il en est arrivé ainsi dans les quinze cas dont
j'ai recueilli les observations. Il est vrai que ces
chorées ne se rapportaient pas à ces cas violents
où l'on est obligé d'enfermer les malades dans des
caisses. C'était cependant des cas très-accentués,
même invétérés; on en jugera par les observations
qui suivent.

La seule manière de donner les Eaux avec fruit

dans la danse de Saint-Guy, consiste à doucher les malades à l'eau fraîche à la température de la source; si cela ne suffit pas d'emblée, à les doucher fortement avec l'eau froide de l'établissement hydrothérapique.

OBSERVATION XLI

—

Chorée aiguë chez un enfant de 11 ans, datant de trois mois, rebelle aux traitements antérieurs, — Guérison en vingt-cinq jours, par les bains de piscine.

—

Le neveu du maire d'Haleine, un enfant du pays, âgé d'environ onze ans, ressemblant sous tous les rapports à un enfant de son âge, vint à Bagnoles en 1859, pour y être traité d'une danse de Saint-Guy, exclusivement située à droite, particulièremeut au membre supérieur. La maladie existait depuis trois mois et le médeçin qui la traitait n'avait pu en venir à bout.

Le petit malade avait le bras et l'avant-bras fixés con-

tre le tronc, par une contraction spasmodique. Du moment qu'il écartait ce membre du tronc, essayant de s'en
servir, ce même membre entrait dans des mouvements
convulsifs si violents et si incohérents que rien ne pouvait les arrêter. Bientôt après, tout le corps finissait plus
ou moins par participer à ces désordres.

Le malade fut soumis aux bains de piscine, pour tout
traitement. En vingt-cinq jours il obtint une guérison qui
ne s'est jamais démentie (*Observation communiquée par
l'oncle du malade qui s'était chargé de le conduire à l'établissement*).

OBSERVATION XLII

—

*Chorée aiguë, datant d'un an, grave, invétérée, com-
pliquée. — Guérison en 50 jours, par les bains de
piscine,*

—

Il y a 60 ans, un des plus vénérables ecclésiastiques de
notre pays, alors âgé de 17 ans, M. l'abbé Vauloup, curé
actuel de Couterne, où se trouve placé l'établissement
thermal, se voyait atteint d'une chorée intense par suite

de contention d'esprit et de tribulations que lui susci-
taient des élèves plus âgés que lui et dont il dirigeait
néanmoins les études.

Depuis plus d'un an, il en était réduit à ne pouvoir se
servir de ses mains, tant elles étaient agitées de mouvements involontaires; à ne plus pouvoir prononcer un seul
mot, tant la prononciation était troublée; « et quand
« dans la piscine, je pris mes premiers bains, m'écrit-il,
« l'eau était tellement frémissante autour de moi, qu'on
« eût cru que j'étais autour d'un banc de poissons. »

Le malade prit à Bagnoles cinquante bains dans la
piscine à la température de la Source, à peu près autant
de douches à la même température; il y fut radicalement guéri, il n'a jamais revu trace de la maladie.

Bien mieux, il fut aussi guéri d'une dyspepsie Gazeuse
qui avait ruiné sa constitution. « de faible que j'étais je
« devins fort, me dit-il, et je fus désormais d'une santé
« à toute épreuve. » (*Observation communiquée par le
malade*).

OBSERVATION XLIII

—

Chorée aiguë chez une mendiante âgée de 50 ans — Gué-
rison rapide par les douches froides de l'Etablissement
hydrothérapique.

—

Dans le mois d'août 1865, une pauvre femme de la
commune de Saint-Julien, nommée Moche, âgée de 50
ans, était atteinte depuis cinq mois d'une chorée intense
survenue à la suite d'une grande frayeur. Elle fut admise
aux Eaux de Bagnoles par les soins charitables d'une
riche dame des environs.

La chorée attaquait exclusivement les membres supérieurs. Cette femme ne pouvait rien saisir ; il fallait
l'habiller, la faire manger, la coucher, etc.; agitée de
mouvements convulsifs incessants, elle ne pouvait même
pas dormir, car à chaque instant elle était réveillée par
des mouvements désordonnés ; le chagrin la prenait par
la crainte si naturelle de tomber dans la misère.

Cette malade me paraissant gravement atteinte, je la
fis passer d'emblée aux douches froides de l'Etablisse-

9

ment hydrothérapique. En neuf jours je la mis en état de tenir une aiguille et de raccommoder ses bas ; elle était guérie. Elle prit ensuite quelques bains de piscine. La maladie n'a pas récidivé.

SECTION 5ᶜ.

—

*De l'emploi des Eaux de Bagnoles dans le traitement de
la névralgie sciatique.*

—

La sciatique se présente fréquemment aux Eaux
de Bagnoles. Je suis certain d'en avoir vu plus de
cent cas. J'en ai recueilli trente-huit observations.
Les deux tiers ont guéri, le reste a été plus ou moins
soulagé. Il n'est point nécessaire que la sciatique
soit d'origine rhumatismale pour guérir. Parmi ces
guérisons quelques cas étaient très-invétérés ;
avaient résisté à tout. Je crois néanmoins facilement qu'on peut rencontrer de ces sciatiques, où
l'amaigrissement et l'atrophie du membre ne laissent pas d'espoir ; et d'autres où des lésions maté-

rielles altérant la texture du nerf rendent aussi la
guérison impossible. En voici un exemple. Un fer-
mier dans l'aisance, avait une sciatique contre
laquelle j'avais vainement tout essayé, jusqu'à ces
cautères profonds, dont parle Trousseau et qu'on
panse avec ces gros pois d'extrait de belladone et
d'opium. En désespoir de cause, je l'envoyai à Bagnoles. Au bout de trente jours, il en revint sans soulagement, à mon grand étonnement. Mais, six mois
plustard, un énorme abcès par congestion, suite
d'une carie des os du bassin me révélait la vraie
cause de cette incurabilité.

Je considère les Eaux de Bagnoles comme une
véritable ancre de salut dans les sciatiques. Elles
réussissent en effet et je vais le prouver, quand tous
les autres moyens ont échoué Il faut dans la sciatique des bains à 27° Réaumur et plus, 33° 1/2 centigrades d'une heure à cinq quarts d'heure de
durée ; des douches aussi chaudes que possible. Il
faut que le malade soit essuyé avec du linge brû-

lant, reporté dans un lit chauffé ; qu'il reste couché au moins pendant deux heures. J'ai vu, mais très-rarement les douches Ecossaises être préférables. Dans la sciatique comme dans la chorée, je n'attache aucune importance à l'usage de l'Eau en boisson.

Je ne possède pas assez d'observations sur les autres névralgies pour pouvoir en parler avec autorité. Je pense néanmoins par le peu que j'en possède que les Eaux de Bagnoles sont loin d'avoir dans ces cas la même efficacité. Je donnerai à la fin de cette section trois observations de névralgie qui prouveront pourtant qu'on guérit ici aussi d'autres névralgies que la névralgie sciatique.

OBSERVATION XLIV

—

Sciatique opiniâtre et réfractaire aux traitements les plus énergiques et les mieux employés. — Guérison radicale par l'emploi des douches chaudes d'Eau Thermale et par celui des bains durant cinquante jours.

—

Une cuisinière de 33 ans, Mlle Virginie ***, grande, belle personne, d'une bonne constitution, légèrement lymphatique, procédant de parents sujets aux douleurs, fut prise de souffrances générales au commencement de 1865, qu'on regarda comme de nature rhumatoïde ; elle en attribuait la cause à ce qu'elle couchait dans une cuisine en partie sous les terres, très-chaude et dans laquelle elle était obligée de tenir presque constamment la fenêtre ouverte. A la fin de janvier, la douleur s'était fixée dans la région sacrée, dans la hanche, dans la cuisse, dans la jambe et dans le pied du côté gauche, en suivant exactement la direction du nerf sciatique et celle de ses divisions. Ces douleurs devinrent si promptement insupportables, qu'après avoir lutté un certain temps, la pau-

vre malade fut à la fin forcée de cesser tout travail vers
le milieu de mars suivant. Elle en fut réduite à garder le
lit la plus grande partie des jours, n'ayant pas, me
disait-elle, deux heures de répit sur vingt-quatre et
tourmentée tout le reste du temps par des douleurs
térébrantes qui paraissaient véritablement intolérables.
Cette fille était courageuse et ne se plaignait pas facilement; elle maigrissait, s'affaiblissait. Ayant vu la malade
dès le principe, j'avais opposé à cette cruelle sciatique
les ressources connues de la médecine. Elle avait eu des
vésicatoires volants en grand nombre. Je les avais fait
saupoudrer de morphine; j'avais essayé les injections
sous-cutanées avec les solutions de sulfate d'atropine,
avec celles des sels de morphine; les cautérisations par
l'acide sulfurique, l'essence de térébenthine à l'intérieur,
et enfin j'avais employé en dernier lieu trente-sept bains
de vapeur que je lui avais fait administrer sous mes yeux
à l'hospice civil. Il est certain que la malade n'avait
retiré aucun résultat sensible de l'usage de ces moyens
pourtant si énergiques. Par mes conseils on fit admettre
cette malade au traitement gratuit des Eaux de Bagnoles. Elle y vint l'été suivant, le 10 juillet 1865; là, elle y
prit tous les jours un bain à 27° Réaumur, 33° 1/2 centigrades, d'une heure à cinq quarts d'heure de durée;
une douche de quinze minutes sur tout le trajet de la
douleur, aussi chaude qu'elle la pouvait supporter.

A la vingt-cinquième douche seulement, elle commença d'éprouver de l'amélioration ; à la trente-cinquième elle pouvait rester levée la journée entière, travailler à des ouvrages de femme ; à la quarantième, la malade se regardait comme guérie ; à la quarante-huitième, elle quitta l'Etablissement si bien rétablie qu'elle est retournée chez ses anciens maîtres reprendre ses utiles fonctions de cuisinière, dont elle s'acquitte, je dois le dire à merveille. Je la vois tous les jours et je puis attester son parfait rétablissement.

OBSERVATION XLIV

—

Sciatique analogue au cas précédent. — Guérison radicale par le même emploi des Eaux en trente jours.

—

La même année 1865, je fis admettre gratuitement à Bagnoles la femme d'un pauvre charpentier de Saint-Denis-de-Villenette, mère de six enfants, âgée d'environ 48 ans, affaiblie par la souffrance, mais jadis d'une bonne constitution. La malheureuse était atteinte d'une atroce sciatique qui la privait de tout travail et lui permettait à peine de se traîner d'un meuble à l'autre dans sa maison. Elle ne laissait dormir personne, implorant jour et nuit la mort à grands cris. Comme chez la précédente j'avais vainement tout employé ; j'étais moi-même navré de voir tant de souffrances et de ne pouvoir les soulager. Il y avait huit mois que cela durait ; le membre était amaigri, la patiente perdait ses forces et l'appétit. Il était grand temps.

Bref, la voilà à Bagnoles. Elle y arriva tard et je ne pus obtenir qu'une saison de vingt-cinq jours. Chaque jour, comme l'autre malade, elle eut un bain et une douche exactement dans les mêmes conditions. Cela a suffi à la guérison. J'ai rendu cette mère de famille à son mari, à ses enfants, à son ménage. Je l'ai vue bien des fois depuis et je puis, comme dans le cas précédent, certifier sa complète guérison.

OBSERVATION XLVI

—

Sciatique atroce, avec amaigrissement du membre, résis-
tant opiniatrément à tous les moyens depuis quatre à
cinq mois — Guérison radicale par le même emploi
des Eaux de Bagnoles.

—

Un cantonnier de 42 ans, le nommé Poussier, brun,
fort et sanguin, prit une sciatique dans un effort considérable en soulevant une pierre le lundi gras de l'année
1857. En quelques jours la maladie arriva à son summum.
Le malade m'a assuré bien des fois qu'il mettait souvent
jusqu'à vingt minutes à monter dans son lit ; qu'il lui
fallait à la fin une demi-heure pour faire trente pas dans
son jardin ; ce qu'il souffrait jour et nuit est impossible
à dire; il ne mangeait plus, ne dormait plus, maigrissait
à vue d'œil. Depuis quatre mois, quand je le vis, un
médecin de la ville avait inutilement employé tout ce que
l'on connaît contre les sciatiques. Les injections sous-
cutanées venaient d'être vulgarisées en France par
M. Behier dans un article du *Bulletin de thérapeutique*

que j'avais en ce moment sous les yeux. Je les pratiquai deux jours après ; je me servis de la solution au centième de sulfate d'atropine ; j'avais pour témoin de cette expérimentation M. le docteur Dary, de Domfront. Nous injectâmes huit gouttes ; le lendemain nous étions bien empressés l'un et l'autre d'en voir le résultat ; quel fut notre étonnement en entrant dans la chambre du malade ; c'était en juin ou juillet, il se jeta à bas du lit et comme une espèce de fou se mit à danser devant nous, disant, les larmes aux yeux, qu'il avait dormi huit heures sans réveiller et qu'il ne souffrait plus. Cependant, la guérison ne s'effectua pas suffisamment, malgré la continuation du même moyen. Poussier ne pouvait pas reprendre son travail. Sur mon indication et après avoir *sans succès essayé des douches d'eau chaude ordinaire* à son domicile, l'administration obtint son admission aux Eaux de Bagnoles et là, une saison de vingt-cinq jours par les bains et par les douches, *ut suprà* lui a rendu définitivement une santé qui ne s'est pas démentie un seul instant depuis.

OBSERVATION XLVII

—

Sciatique également très-douloureuse, réfractaire. —
Guérison radicale par le même usage de ces Eaux en
deux ans et en deux saisons.

—

M. le curé actuel de Granville, alors vicaire dans la
Manche et âgé de 38 ans, éprouva en 1845, un grand
refroidissement étant en sueur. Dès le lendemain, il fut
saisi violemment par des douleurs générales dans tous
les membres. Un médecin de Cherbourg le soulagea par
des bains de vapeur. Il se rétablit lentement. En août
1855, étant alors curé de Granville une nouvelle attaque
de rhumatisme survint et bientôt la douleur se localisant
dans la hanche, dans la cuisse et dans la jambe, suivant
très-exactement la direction du nerf sciatique, ne laissa
pas de doute sur le vrai nom de la maladie ; c'était une
sciatique. Le malade resta cloué dans son lit, souffrant
de ces horribles douleurs que ceux qui ont éprouvé des
sciatiques connaissent.

Enfin, le mal s'atténuant au bout d'un certain temps,

M. le curé se fit transporter à Bagnoles, où il dut passer vingt-quatre jours. Il prit les bains d'Eau Thermale, reçut des douches sur le trajet douloureux et transpira énormément, jusqu'à traverser les matelas. Il en partit guéri.

La douleur étant revenue l'année suivante, mais bien moindre, il revint prendre une seconde saison, cette fois avec un succès qui fut définitif, car aujourd'hui une lettre de ce respectable ecclésiastique m'apprend qu'il n'existe chez lui aucune trace de son ancienne maladie.

Je crois pouvoir en rester là. Les quatre observations qui précèdent ne peuvent laisser aucun doute sur l'efficacité des Eaux de Bagnoles dans les névralgies sciatiques ; elles prouvent même jusqu'à l'évidence que ce moyen surpasse tous ceux qui nous sont connus.

Voici maintenant les trois observations de névralgie, siégeant ailleurs, et que j'avais annoncées.

OBSERVATION XLVIII

—

Névralgie tibiale. — Guérison par les Eaux de Bagno-
les. (Observation du docteur Barbey, de Flers).

—

Je dois l'observation qui va suivre à l'obligeance de
M. le docteur Barbey, de Flers, dont l'expérience ne
peut être contestée.

Le nommé L..., tailleur à Flers, d'un tempérament
nerveux, d'une constitution délicate, âgé de 30 ans,
était tourmenté depuis très-longtemps de douleurs dans
les jambes. Ces douleurs étaient lancinantes, revenaient
par accès et par intervalles; elles arrivèrent à un degré
d'intensité tel que le malade fut obligé de cesser les
travaux de sa profession. On n'y voyait rien qui pût
expliquer le mal; aussi tous les médecins qui eurent
l'occasion de voir ce malade tombèrent-ils d'accord pour
y reconnaître des douleurs névralgiques, qu'expli-
quait d'ailleurs le tempérament du sujet. Pendant
plusieurs mois, on employa contre cette névralgie les
divers moyens calmants que l'art possède; liniments de

toute sorte, vésicatoires volants, opiacés par la méthode
endémique, par l'estomac, etc. Tout fut inutile ; ce fut
alors que sous le patronage du président de la société
de secours mutuels, dont cet homme faisait partie, il
fut admis gratuitement aux Eaux de Bagnoles ; il y fit
une saison de vingt-cinq jours, il y prit des bains tempérés, douches en pluie et en un seul jet. Il en est sorti parfaitement guéri et depuis lors, il n'a rien ressenti de son
ancienne et cruelle maladie.

OBSERVATION XLIX

—

*Névralgie occipito-frontale, rebelle et réfractaire. —
Guérison par le seul usage des bains de Bagnoles.*

—

M. P..., employé à la préfecture de la Seine, dans la
force de l'âge, d'une constitution assez délicate, se portant bien antérieurement, d'un tempérament nerveux,
vint à Bagnoles en 1857, pour y trouver du soulagement
à des souffrances qui siégeaient à la tête et que des médecins distingués qu'il avait consultés à Paris avaient
qualifiées de névralgie vague du cuir chevelu.

Le malade avait perdu le sommeil, l'appétit, l'aptitude au travail, même la possibilité de s'y livrer. Ses douleurs s'irradiaient dans toute la tête, éclataient comme des éclairs ; lui causaient des élancements continuels, insupportables ; le rendaient comme fou (je copie textuellement ses expressions) ; elles revenaient par accès surtout l'après-midi. Mais, dans les intervalles il souffrait encore assez pour ne pouvoir se livrer à aucun travail. On avait fait, bien entendu, beaucoup de remèdes. Rien n'avait réussi. Le malade désolé, ayant entendu parler des Eaux de Bagnoles, y fut conduit par les soins de Mme D..., qui s'intéressait à lui. Il y séjourna vingt-huit jours, y prit des bains d'Eau Thermale tempérés et s'appliqua à vivre en plein air. M. P... a obtenu une guérison radicale.

M. P... revint en 1864 pour un gonflement du coude, suite de luxation. Je l'ai vu et je puis certifier qu'il n'a rien ressenti de son ancienne affection. Il m'écrit aujourd'hui, novembre 1866, pour m'affirmer qu'il est également guéri de son engorgement articulaire.

OBSERVATION L

—

Névralgie des nerfs mammaires. — Guérison par les
bains de Bagnoles.

—

Une dame de 36 ans, sans enfants, souffrait depuis
longtemps d'une névralgie des nerfs qui se distribuent
au sein, survenue à la suite d'une maladie de l'utérus
aujourd'hui guérie. Les douleurs qu'elle y éprouvait
étaient incessantes et insupportables. La malade avait
perdu le repos, le sommeil, l'appétit et les forces. Elle
était insupportable à elle-même, ne sachant où aller ni
que devenir. C'est dans cette situation que cette dame
vint à Bagnoles en 1864. Pendant quarante jours elle y
prit des bains tempérés, des douches en arrosoir, y but
de l'Eau Thermale, l'alternant fréquemment avec l'Eau
Ferrugineuse. Cette dame qui au commencement ne
pouvait pas se promener pendant dix minutes, qui souffrait jour et nuit, qui ne mangeait plus, pouvait à la fin
se promener des heures entières, mangeait et digérait
bien et se ressentait à peine de ses anciennes douleurs.

Aujourd'hui une lettre d'elle m'assure que sa santé
est excellente.

SECTION 6ᵉ

—

*De l'emploi des Eaux de Bagnoles dans le traitement des
affections rhumatismales et goutteuses.*

—

Dès l'origine, les Eaux de Bagnoles furent employées contre les douleurs. L'un des membres de
la famille Hélie, laquelle posséda le domaine de cet
établissement pendant près d'un siècle, ne conserva
sa vie qu'au moyen de ces Eaux–ci, dont l'usage
calmait les atroces souffrances d'un rhumatisme
goutteux dont il était rongé.

C'est encore au principe rhumatismal qu'il faut
rapporter ces affections qui déformaient les membres, que Piette avait vu guérir par les Eaux de
Bagnoles et dont il nous a laissé une description

sommaire dans sa courte et précieuse note manuscrite sur l'effet de ces Eaux-ci ; entre autres, ce
capitaine de corsaire qui vint à Bagnoles dans l'année 1808, le menton cloué sur une épaule, perclus
de tous les membres, qu'on portait comme un enfant et qui y fut guéri si parfaitement que chacun a
pu le voir revenir pendant longtemps, uniquement
par reconnaissance.

Puis, cet officier de la garde, qu'on reçut en
1816, les bras fixés sur la poitrine ; devenu complètement impotent à la suite de cette affreuse re-
traite de Moscou et que Piette regarde comme étant
la guérison la plus étonnante qui se fut jamais vue
à Bagnoles.

Enfin, cette dame du Perche, dont la tête tombait
jusqu'aux genoux, courbée comme un cercle, sans
pouvoir remuer ; qui se redressa dès le troisième
bain et qui s'en alla guérie comme les deux autres.

Le rhumatisme musculaire se traite avec succès
par l'emploi des Eaux de Bagnoles ; le rhumatisme

articulaire se guérit un peu moins aisément ;
la goutte ne se guérit pas mieux ici qu'ail-.
leurs. Mais la faiblesse et le malaise qu'elle
laisse après ses accès, peuvent trouver à Bagnoles
un secours extrêmement précieux. J'en convaincrai
les plus incrédules. Je trouve l'explication de ce
dernier résultat des Eaux, dans cette action douce
et tonique que nous leur avons reconnue et
au moyen de laquelle elles opèrent ce *remontement
général* dont il a été plusieurs fois question.

Le nombre de sujets atteints de rhumatismes
musculaires qu'on traite à Bagnoles est considérable. Mais beaucoup de cas sont légers. Toujours
est-il, que tous ou presque tous sont guéris ou
amendés. On peut même dire que si on n'avait affaire
qu'à des malades raisonnables et dociles, bien peu
s'en iraient sans guérison. Mais, un grand nombre
assez légèrement atteints, ou s'en vont trop tôt ou
ne cessent de faire des imprudences en prenant les
Eaux.

Les rhumatismes musculaires réclament des bains tempérés à 27° Réaumur, 33 1/2 centigrades, d'une heure de durée au moins; des douches chaudes. Ce n'est que par une rare exception que certains malades se trouvent mieux des bains de piscine et des douches à la température de la Source. En voici un exemple.

OBSERVATION LI

——

Rhumatisme musculaire, réfractaire aux bains tièdes. — Guérison par les bains de piscine, ce qui est contraire à la règle.

——

La femme d'un capitaine de vaisseau qui n'est plus et qui est mort victime d'un dévouement exagéré, vint à Bagnoles pour des douleurs rhumatismales générales. C'était une dame lymphatique, mais assez forte, approchant de 40 ans. Elle y prenait des bains de baignoire et depuis douze jours les douleurs allaient en empirant.

Elle m'en parla et ayant su d'elle que bien souvent elle avait pris avec succès des bains de mer sur les côtes de l'Océan, je lui conseillai de passer immédiatement aux bains de piscine, ce qu'elle fit et avec un *succès complet*.

Le rhumatisme articulaire constitue une affection en général plus sérieuse. Pour peu que le rhumatisme soit ancien il est toujours rebelle.

Les Eaux de Bagnoles sont capables d'en guérir un grand nombre. Toutefois, je suis convaincu et je désire faire passer ma conviction dans l'esprit de ceux qui ont la haute main dans les affaires de l'Etablissement, que du jour où l'on installera à Bagnoles un système de douches en rapport avec les besoins des rhumatisants et surtout un service personnel plus approprié aux exigences de leur position, on aggrandira de moitié le cercle des guérisons. Il y a là beaucoup à faire et il faut le faire sans différer.

C'est dans le rhumatisme articulaire qu'il est de la dernière importance de pouvoir donner les Eaux à tous les degrés et avec toutes les précautions convenables. C'est dans ces cas qu'il faut que les malades soient douchés sans désemparer, sans prendre des positions génantes ; en un mot, *facilement, commodément, agréablement.* Qu'il faut du linge brûlant, une couverture de laine pour les envelopper ; des transports faciles, un lit chaud, un repos parfait, afin d'obtenir ces transpirations d'où dépend en général la guérison.

Je fais boire les rhumatisants selon la coutume ; je leur donne communément un verre d'Eau Thermale en sortant du bain, un verre à quatre heures, un troisième en se couchant. Mais la grande affaire, c'est le bain, c'est la douche. Il faut des bains plus que tempérés, à 27° Réaumur, 33° 1/2 centigrades, comme dans le rhumatisme musculaire. Egalement des douches chaudes depuis dix jusqu'à vingt minutes.

Je vais donner quelques observations qui prouveront la haute efficacité des Eaux de Bagnoles dans les différentes sortes de rhumatismes.

OBSERVATION LII

—

Lombago ancien, invétéré, réfractaire. — Guérison radicale après plusieurs saisons par les bains et les douches chaudes d'Eau Thermale.

—

En 1860, un malade âgé de 58 ans, nerveux, mais d'une excellente santé habituelle avait été atteint à la suite de refroidissements, d'un lombago, qui remontait à huit années et dont il avait à plusieurs reprises souffert atrocement. Ses crises duraient habituellement huit jours. La dernière qui datait de deux ans, avait laissé derrière elle des douleurs lombaires habituelles, redoublant d'intensité par la mauvaise saison et surtout par les vents du nord-ouest. Il s'en trouva tellement incommodé qu'il ne put plus vaquer à ses occupations, lesquelles nécessitaient des déplacements continuels.

Ce malade versé dans les connaissances médicales, avait essayé de tous les liniments vantés en pareil cas, des ventouses, des injections sous-cutanées, des bains de vapeur, etc.; il n'avait obtenu aucun soulagement. Il se rendit à Bagnoles pouvant à peine marcher dans la cour de l'établissement; il était obligé de se coucher plusieurs fois le jour; il y prit des bains tempérés à 27° Réaumur, 33° 1/2 centigrades; des douches jusqu'à 38° Réaumur, 47° 1/3 centigrades; y transpira doucement tous les matins, pendant deux et trois heures et obtint de ce traitement la cessation complète de ses souffrances en moins de vingt-cinq jours.

Les hivers suivants ramenèrent à la vérité quelques souffrances, mais de moins en moins fortes, à mesure qu'il reprenait, chaque année, une nouvelle saison; de sorte qu'aujourd'hui ce malade se regarde comme à peu près guéri d'une affection qui semblait devoir lui interdire à tout jamais l'exercice de sa profession.

OBSERVATION LIII

—

*Rhumatisme articulaire très-grave, datant de huit mois.
— Guérison radicale par l'Eau Thermale, employée
comme ci-dessus.*

—

Un pauvre ouvrier maçon, de la commune de Champ-
secret, dans les environs de Bagnoles, obtint en 1836
une place gratuite aux Eaux, pour une affection rhumatismale qui l'avait mis hors d'état d'exécuter aucun mouvement. Le mal avait commencé d'une manière aiguë
avec de la fièvre, à la suite de refroidissements contrac-
tés dans l'hiver précédent. Toutes les articulations
avaient été successivement envahies ; elles l'étaient encore, quoique la fièvre fût passée et le pauvre patient,
raide comme un morceau de bois, ne pouvait plier aucune jointure sans jeter les hauts cris. C'était un homme
de 30 ans, d'une assez bonne santé habituelle, n'ayant
jamais été malade. Les articulations étaient gonflées pour
la plupart ; cependant assez médiocrement. Il fallait le
porter, l'habiller, le faire manger comme un enfant. Je

lui fis donner des bains de quarante minutes, à 27° Réaumur, que j'allongeai graduellement jusqu'à sept quarts
d'heure et, vers le milieu du traitement, des douches
très-chaudes sur les diverses articulations malades. Je
lui fis boire de l'Eau Thermale abondamment.

L'amélioration ne commença que vers le vingtième
jour. Il fallut soixante jours pour obtenir la guérison.
Elle fut complète; ce malade reprit ses travaux en ren-
trant chez lui. Elle ne s'est pas démentie depuis.

OBSERVATION LIV

—

*Rhumatisme articulaire du coude et de l'épaule. — Gué-
rison par l'Eau Thermale. (Observation du docteur
Barbey, de Flers).*

—

Le nommé F..., de Flers, âgé d'une trentaine d'années,
sanguin, fort et vigoureux, était atteint depuis longtemps
d'un rhumatisme articulaire dans le coude et dans l'épaule
du côté droit, qu'aucun moyen n'avait pu guérir et qui
mettait le malade hors d'état de travailler, ce dont il
avait pourtant besoin, pour n'être à charge à personne.

Ennuyé et fatigué de l'inutilité des remèdes, il vint à Bagnoles, où il séjourna vingt-cinq jours.

Il y prit des bains tempérés à 27° Réaumur, 33° 1/2 centigrades, des douches très-chaudes, *loco dolenti* ; et dans ce court espace de temps obtint une guérison qui ne s'est pas démentie. (*Observation communiquée par le docteur Barbey*).

OBSERVATION LV

—

Rhumatisme général des plus invétérés. — Amendement notable par les Eaux de Bagnoles.

—

Une demoiselle de trente-cinq ans, de la plus chétive constitution, lymphatique et rachitique, avait été prise, il y a cinq ou six ans, de douleurs générales dans tout le corps, particulièrement dans les membres, avec fièvre, qui la confinèrent dans son lit. Pendant quatre ans, elle traîna l'existence la plus misérable, ne sortant jamais de sa maison, le plus souvent alitée. Alors, la fièvre cessa pour ne plus reparaître; la malade reprit un peu d'appétit et quelques forces ; mais ses jambes endolories pendant si longtemps refusaient le service et ce n'était qu'à quatre pieds qu'elle se traînait dans son appartement. Ses pieds n'exécutaient en réalité, quand elle voulait marcher à l'aide des bras, que des mouvements de reptation. C'est dans cet état qu'elle se présenta à Bagnoles en 1865.

Cette malade ne put d'abord supporter qu'une demi-heure de bains; peu à peu elle arriva cependant à les tolérer pendant une heure et demie. Au quinzième jour, l'amélioration permit de commencer les douches en arrosoir d'abord, en un seul jet plus tard. Une saison de trente-cinq bains permit à la malade de marcher seule et de gagner à pied chaque jour l'hôtel Saling, distant d'environ deux cents pas. Je l'ai revue cette année; la guérison continue de progresser et la santé générale est infiniment meilleure. Personne ne pouvant mettre en doute l'efficacité des Eaux de Bagnoles dans les affections rhumatismales, il serait fastidieux de continuer ces citations.

Quant à la goutte, il en est autrement. Aucun médecin n'ignore que la goutte est une maladie constitutionnelle générale, tenant à une altération profonde des fonctions de l'assimilation qui, à proprement parler, ne se guérit pas. Lorsqu'il s'agit d'envoyer un goutteux aux Eaux, les meilleurs observateurs ont remarqué que le moment le plus favorable était celui qui était le plus éloigné de

l'attaque présumée. Quoiqu'on ait pu dire, on est assez
généralement d'accord aujourd'hui que peu d'eaux thermales ou minérales conviennent aux goutteux et que les
eaux fortes très-actives leur nuisent dans bien plus de
cas qu'elles ne leur sont utiles.

Depuis trente-six ans, j'ai vu à Bagnoles des centaines
de goutteux. J'affirme n'avoir jamais vu un seul d'entr'eux
avoir eu lieu de se repentir d'y être venu, quand il y a
suivi les règles de la prudence. Il ne faut pas chercher
à Bagnoles la guérison de la goutte : il y faut venir chercher seulement la cessation des dyspepsies qui suivent
les attaques, la faiblesse et le malaise indéfinissable qui
leur survivent ; il y faut venir chercher de nouveaux éléments de force et de vie ; et l'on y trouvera tout cela,
quand on y viendra dans les conditions suivantes.

Se trouver dans la période la plus éloignée du retour
présumé de l'accès : n'avoir plus rien d'aigu de l'accès
précédent ; n'être pas arrivé à l'état cachectique et conserver assez de forces pour supporter parfaitement le
voyage et les Eaux.

Les goutteux doivent prendre des bains tempérés de
30 à 40 minutes seulement ; quelques douches en arrosoir, à douce température, jamais en un seul jet ; boire
de l'Eau Thermale assez abondamment, un bon verre en
sortant du bain et en se remettant au lit ; un deuxième
vers quatre à cinq heures du soir ; un dernier en se cou-

chant. Voici deux observations qui confirmeront les considérations qui précèdent; il faut en outre se reporter aux observations VII, VIII et XXVI, dont les deux premières sont relatives à des dyspepsies goutteuses et la dernière à un eczéma et à une dyspepsie de même nature.

OBSERVATION LVI

—

Affection goutteuse.—Amendement notable par les Eaux de Bagnoles en boisson et en bains tempérés.

—

Le capitaine Berton, du port de Bordeaux, capitaine au long cours, brun, nerveux, d'une vigoureuse constitution et d'une énergie remarquable, d'environ 44 ans, qui dans sa vie de marin avait doublé dix-sept fois le cap Horn, vint à Bagnoles dans le mois de juillet 1864, pour trouver du soulagement à une attaque de goutte dont il souffrait encore et qui dans le principe avait été excessivement aiguë. Il y avait quatre mois qu'il était confiné dans sa chambre au milieu de souffrances continuelles. Il commit la faute de partir avant d'être suffisamment remis pour pouvoir faire un long voyage, de sorte qu'en arrivant il fallut quatre hommes pour le descendre de voiture et le porter dans son lit. Il y resta cloué immobile, la goutte le tenant partout, particulièrement dans les reins. On le faisait boire, étendu sur le dos, comme un enfant. Je fus bien contrarié d'avoir un pareil malade.

Enfin, au bout de deux semaines étant arrivé à calmer cet état violent et aigu, je parvins à faire prendre au capitaine des bains d'Eau Thermale dans une baignoire au pied de son lit; je lui fis boire de l'Eau de la Source, à petits coups, mais fréquemment, de manière à en consommer un litre en vingt-quatre heures. L'amélioration marcha très-lentement d'abord; au vingt-cinquième bain le malade put sortir de son lit, se tenir assis quelques heures dans un fauteuil, l'appétit revenait à vue d'œil, le sommeil aussi. A la fin de la septième semaine le capitaine Berton fut en état de rejoindre sa ville natale et de faire sans le moindre inconvénient un voyage de cent cinquante lieues.

L'année suivante j'ai reçu une lettre de madame Berton qui me disait que son mari avait été très-satisfait des Eaux de Bagnoles; qu'il n'avait pas eu de nouvelles attaques en forme; mais qu'il était incommodé de douleurs vagues et de malaises caractéristiques de la goutte anormale. J'ai appris que ce malade avait beaucoup abusé du colchique.

OBSERVATION LVII

—

Affection goutteuse. — Amendement notable par les Eaux
de Bagnoles en boisson et en bains tempérés.

—

Un monsieur fort et athlétique, sexagénaire, goutteux depuis longues années, avait éprouvé l'année précédente des accès de goutte aiguë pendant tout un hiver, sans solution critique. Les jambes s'étaient engorgées, la peau s'était couverte de boutons pustuleux, les forces digestives s'étaient dépravées, la physionomie s'était altérée. Bref, les amis du malade commençaient d'en porter un mauvais jugement. Cet état durait depuis trois mois. La belle saison lui ayant procuré quelque soulagement, il se rendit à Bagnoles, les jambes toujours enflées, la peau terreuse, la langue chargée et sans appétit, pouvant à peine se promener dans la cour.

De son propre mouvement, las des médecins et des médecines, sans consulter, ce monsieur prit des bains tempérés, but de l'Eau Thermale et continua ce traitement pendant une vingtaine de jours.

Alors l'enflure avait presque disparu, la peau s'était nettoyée, l'appétit était revenu, les forces revenaient aussi à vue d'œil ; pour quiconque avait remarqué l'état du malade à son arrivée, il était transformé. L'année suivante on le revit à Bagnoles ayant passé son hiver sans grands accès et dans un état de santé incomparablement meilleur.

SECTION 7e

—

De l'emploi des Eaux de Bagnoles dans les maladies des articulations.

—

Au nombre des maladies articulaires, il y en a trois surtout dans lesquelles les Eaux de Bagnoles m'ont paru jouer un rôle efficace.

Ce sont : 1° les entorses négligées, c'est-à-dire les engorgements douloureux avec difficulté de mouvements que laissent après elles ces sortes de lésions lorsqu'on n'est pas parvenu à en triompher dans les premiers jours ; 2° les gonflements articulaires résultant d'inflammation chronique ; que cette inflammation soit simple ou qu'elle reconnaisse pour cause le principe rhumatismal ou scrofuleux ;

3° les raideurs et contractions des muscles et tendons, suite d'affections rhumatoïdes.

Les Eaux de Bagnoles guérissent un grand nombre d'entorses négligées. On peut même dire qu'elles
les guériraient toutes si les malades pleins d'in-
curie n'attendaient que les tissus soient profondément altérés et que le mal ne dégénère en tumeur
blanche. Dans les entorses négligées, les douches à
la température de la Source, sont la véritable
ancre de salut. Il est peu besoin des bains, encore
moins de l'Eau en boisson.

OBSERVATION LVIII

—

*Entorse du pied.— Amendement considérable par l'usage
des Eaux de Bagnoles en bains tièdes et en douches.*

—

Il y a plusieurs années une dame grande, sanguine et
forte, vint à Bagnoles pour un engorgement douloureux

à la cheville du pied gauche, suite d'une entorse mal soignée. Cette dame dans l'âge moyen de la vie, ne pouvait marcher qu'avec la plus grande difficulté. C'est tout au plus si elle pouvait descendre à la salle à manger. Cette dame prit des bains d'Eau Thermale, des douches sur cette articulation engorgée et douloureuse; au vingt-cinquième bain ayant obtenu un amendement considérable dans les douleurs, elle put retourner sans difficulté dans la ville qu'elle habitait, marchant infiniment mieux, de sorte que de son propre aveu les Eaux de cette Source lui avaient procuré selon la propre expression de son mari, *un bien infini.*

OBSERVATION LIX

—

Entorse du pied, rebelle et réfractaire depuis plusieurs mois. — Guérison par l'usage des Eaux de Bagnoles, en bains tièdes et en douches.

—

Une autre dame de 38 ans, lymphatique, corpulente et forte, éprouva un jour, en faisant effort du pied gauche pour sortir de son lit, une violente douleur dans le

voisinage de la malléole externe. La malade ayant continué de souffrir au point de ne pouvoir se servir de sa
jambe, manda son médecin et successivement plusieurs
autres, qui ne pouvant constater que de la douleur et
un peu d'empâtement autour de la cheville, se contentè-
rent de prescrire le repos et des applications de topiques
de toute sorte. Plusieurs mois s'étant écoulés sans soulagement, la malade restant toujours confinée dans sa
maison, fit venir un *rebouteur* en vogue dans la grande
ville qu'elle habitait et se mit résolument entre ses
mains. Celui-ci exerça par une espèce de massage, ce
qu'il appela un redressement et par cette manœuvre
procura un très-grand soulagement, malheureusement
de courte durée. Cette dame déclare néanmoins avoir
toujours moins souffert depuis. Ce fut six semaines après
cette visite, près de cinq mois depuis l'invasion du mal,
que cette dame se décida à venir à Bagnoles, chercher
une guérison qu'elle avait vainement demandée à la
science et à l'empirisme. La malade était toujours dans
le même état, c'est-à-dire qu'elle ne pouvait faire que
quelques pas avec le secours d'un bras d'un côté et
d'une canne de l'autre. On remarquait sur la malléole
externe une place rosée de la grandeur d'une pièce de
cinq francs ; un assez léger gonflement pâteux, qui s'é-
tendait jusqu'à la naissance du mollet. Il existait une
vive sensibilité à la pression de la malléole endolorie.

Le repos avait rendu l'estomac dyspeptique et la plupart des fonctions générales languissaient.

Je fis mettre cette malade aux bains de 26° Réaumur, 32° 1/2 centigrades, pendant 30 à 40 minutes, aux douches fraîches à la température de la Source; en arrosoir d'abord, en seul jet faible lorsque la sensibilité le permettait. Je recommandai à cette dame de vivre en plein air et de ne pas rester à la chambre; je lui fis prendre aux repas de l'Eau Ferrugineuse.

Cette malade est sortie après vingt-quatre jours parfaitement rétablie. Nous l'avons revue l'année suivante, la guérison très-solide ne s'était pas démentie.

Dans les engorgements inflammatoires chroniques, simples ou scrofuleux des articulatious, il faut encore comme dans les cas précédents, que la lésion ne soit pas arrivée à la période de désorganisation avancée. Je donnerai cependant une observation de tumeur blanche et une autre observation également suivie de guérison, où l'articulation du coude devenue malade à la suite d'une luxation laissa échapper une foule de débris d'os nécrosés.

Dans ces derniers cas, ce sont les bains tempérés qui conviennent et les douches chaudes. On rencontre néanmoins certains sujets scrofuleux, qui par exception, se trouvent mieux des douches fraîches. Dans mon opinion la grande efficacité des Eaux de Bagnoles tient ici, comme dans l'eczéma, à la présence de la barégine. Voici des observations concluantes et qui prouvent de quelles ressources sont les Eaux de Bagnoles dans des cas très-graves d'engorgement chronique des articulations. Il est clair que tous n'ont pas été suivis d'un pareil succès.

Cependant, je dois dire que les guérisons ont été relativement en grand nombre. Je ne possède à la vérité qu'un relevé d'une vingtaine d'observations. Mais sur ce nombre plus de la moitié ont été guéries, les autres ont été seulement soulagées.

OBSERVATION LX

—

Artrithe traumatique, tournant en tumeur blanche, réfractaire depuis vingt-six mois. — Amendement considérable par les Eaux de Bagnoles en bains et en douches tièdes, durant deux saisons dans la même année. — Guérison consécutive.

—

Un médecin des plus distingués, M. le docteur Payen, qui appartient à la marine de l'Etat et au port de Brest, m'envoie l'observation suivante; elle a été recueillie sur

lui-même, rien n'est donc plus probant. Je la copie textuellement, seulement j'abrége quelques détails qui ne
concernent pas les Eaux de Bagnoles.

« Le 11 janvier 1856, le docteur Payen reçut sur la
« rotule gauche un coup de manche de gaffe ; le coup fut
« si violent et la douleur si vive, qu'il en perdit presque
« connaissance. Revenu à lui, il s'empressa d'avoir re-
« cours aux applications d'eau froide, jugeant sur le
« champ que les conséquences pouvaient être graves.
« Deux jours après, un épanchement énorme de sang et
« de synovie distendaient la capsule. Le lit fut gardé et
« le traitement des arthrites traumatiques suivi en tout
« point ; on insista sur les sangsues, les cataplasmes
« émolients, les bains, les embrocations, etc.

« Au soixantième jour la guérison paraissait prochaine,
« la marche était possible ; une imprudence qui consista
« à aller voir à l'hôpital général des malades gravement
» atteints, remit tout en question. En effet, le docteur
» Payen ressentit tout aussitôt des douleurs profondes,
« de nature tantôt lancinantes, tantôt gravatives, qui lui
« révélèrent le commencement d'une ortéite. Au qua-
» trième mois, les symptômes de tumeur blanche deve-
« nant imminents, le docteur Marcelin Duval, son ami,
» lui démontra la nécesité d'un traitement approprié à
» la situation et le lui fit suivre avec une extrême ri-
« gueur. Il consista à l'intérieur en huile de foie de

« morue, iodure de potassium, préparations ferrugineu-
« ses, amers et quinquina ; à l'extérieur en irrigations
« d'eau tiède ; topiques calmants et narcotiques. Pendant
« une année on eut recours à des applications de sang-
» sues, en petit nombre tous les dix à quinze jours, et à
« des cataplasmes en permanence. Ce fut dans ces cir-
« constances qu'ayant voulu tracer sur le genou des
« points de repère avec le crayon de nitrate d'argent,
« pour en opérer des mensurations exactes, il en suivit
» des escarrhes assez profondes pour être converties
« en cautères. La deuxième année fut employée à cette
« sorte de révulsion. Enfin vingt-six mois après la bles-
« sure la *dégénérescence n'ayant pu être arrêtée*, M. Du-
« val fit partir le malade pour Bagnoles, ne connaissant
« plus *d'autre moyen d'éviter l'amputation*. Le malade y
« prit deux saisons dans la même année, l'une de trente,
« l'autre de quarante jours. Il y fut soumis au traite-
« ment par les bains d'Eau Thermale à 26° ou 27° Réau-
« mur et en douches modérément chaudes, tantôt en
« pluie, tantôt en un seul jet ; il y but de l'eau abon-
« damment. L'amélioration ne commença que six semai-
« nes après son retour à Brest et après même avoir
« éprouvé plusieurs exacerbations dans la douleur. Ce-
« pendant malgré l'hiver, malgré quelques souffrances
« que cette saison ramena, il fut évident que la maladie
« était *enrayée*, car le genou cessa de se gonfler, reprit

« même ses formes ordinaires ; la marche devint possi-
« ble et en 1859, trois ans après le début du mal, le
« docteur Payen put aller facilement aux eaux des Py-
« rénées qu'il prit à plusieurs sources et d'une manière
« énergique, ce qui acheva complètement sa guérison.

« Je suis heureux, m'écrit le docteur Payen, en m'a-
« dressant son observation *de servir de preuve de la puis-*
« *sance curative des Eaux de Bagnoles, auxquelles je dois*
« *l'arrêt d'un mal regardé par mes confrères de Brest*
« *presque comme incurable. Je dois certainement à Ba-*
« *gnoles une reconnaissance de toute ma vie.* »

OBSERVATION LXI

———

Diathèse rhumatismale, arthrite chronique du coude
très-réfractaire. — Guérison par les Eaux de Bagno-
les en bains et en douches d'Eau Thermale.

———

Un capitaine de frégate, l'un de nos officiers de marine
les plus justement estimés, dans l'âge moyen, lymphatique, d'une constitution très-fatiguée par des navigations
prolongées, surtout dans les mers du Sud, présentant

toutes les apparences de la diathèse rhumatismale, portait au coude du côté gauche une tumeur blanche, avec gonflement des tissus et du périoste ; difficulté très-grande d'exécuter des mouvements, etc. Depuis 1864 le commandant avait beaucoup souffert de rhumatismes articulaires, tantôt dans la jambe gauche, tantôt dans la jambe droite, tantôt dans la poitrine, tantôt dans le bassin Une saison passée à Luchon en 1864, avait produit un bon résultat. Le rhumatisme de la jambe gauche en avait été chassé. L'année suivante une saison de cinquante jours à Barèges ne produisit rien sur la jambe droite, qui était prise, ainsi que la poitrine et le bassin. La maladie actuelle du coude gauche, commença même en octobre suivant, fléchit ensuite, mais reprit en janvier pour continuer et arriver à l'état actuel. Ce malade m'était adressé par le docteur Payen, qui fait le sujet de l'observation précédente.

Je lui conseillai les bains tempérés à 27° Réaumur, 33° 1/2 centigrades ; des douches en arrosoir, tièdes sur l'articulation malade ; de l'Eau Thermale aux repas, rougie avec le vin, deux verres entre les repas. Le commandant séjourna vingt-cinq jours dans l'Etablissement. Il en sortit dans un état général très-satisfaisant ; l'appétit et le sommeil qui faisaient défaut en arrivant étaient complètement revenus ; la peau se colorait, la physionomie reprenait l'expression de la santé et si l'articulation du coude eût présenté le même amendement, le malade se fût déclaré guéri. Cette satisfaction devait lui être donnée. En effet, après quelques retours d'acuité dans le gonflement et dans les douleurs, à la suite des Eaux, le commandant a vu dans le courant d'octobre qui en a suivi l'usage, l'engorgement de l'articulation malade commencer de se résoudre, les mouvements s'y rétablir peu à peu, à ce point que le douze de novembre le docteur Payen m'écrivait à son sujet : « C'est à peine « croyable tant c'est prodigieux, le commandant de « Ferré de Péroux (je ne vois aucun inconvénient à le « nommer en toutes lettres) est guéri et se sert de son « avant-bras comme vous et moi.

.Le seize décembre suivant, un mois plus tard, le brave commandant m'écrivait lui-même : « je suis heureux de « vous confirmer *pleinement* la bonne nouvelle que vous « a donnée le docteur Payen. *Trois semaines après mon* « *départ de Bagnoles une amélioration rapide s'est opé-* « *rée ; j'ai vu les mouvements du coude revenir graduel-* « *lement à mesure que le gonflement y disparaissait.* « *Aujourd'hui il n'y a plus de déformation, seulement il* « *reste un peu de faiblesse musculaire.* »

OBSERVATION LXII

—

*Nécrose de l'articulation du coude à la suite de luxation.
— Expulsion de douze esquilles. — Guérison inespérée par l'usage de l'Eau Thermale en bains et en
douches.*

—

Un honorable ancien notaire du département de l'Orne,
M. Bienvenu, de Vimoutiers, étant alors âgé de treize à
quatorze ans, éprouva une violente luxation du coude,
étant au collége d'Alençon. Il s'en suivit un abcès douloureux ; l'abcès percé, le coude resta gonflé, sensible et
dans peu de jours les mouvements de cette articulation
devinrent impossibles. Le jeune malade resté dans son
lit, ne pouvant plus continuer ses études, une consultation de médecins eut lieu et il fut déclaré, que vu l'insuccès du traitement, parfaitement approprié, qui avait
été suivi et vu l'état actuel du mal local, une *amputation
serait prochainement nécessaire.*

Le père du jeune malade fut désolé ; il demanda un
sursis afin d'essayer des Eaux de Bagnoles, dont la répu-

tation commençait de s'étendre, sous l'administration
d'un homme éminemment capable , Alexandre Lé Ma-
chois, nouveau propriétaire de l'Etablissement. Après
quatre mois de souffrances l'enfant y vint et y reçut les
soins les plus attentifs ; il y prit tous les jours un bain
d'Eau Thermale suivi d'une douche tiède. En quinze
jours l'amélioration fut telle qu'il put déjà griffonner
quelques mots à ses parents. Pendant le premier mois
on recueillit sortant *par la plaie de l'abcès primitif res-
tée béante, jusqu'à douze esquilles ou parcelles d'os.*

En deux mois la plaie se ferma et la guérison fut tellement solide à cette époque, que le jeune malade passait
ses journées à lancer des pierres aux petits oiseaux, dans
le parc de l'Etablissement. M. Bienvenu vit encore et est
très-bien portant ; c'est lui-même qui a bien voulu me
communiquer son observation.

OBSERVATION LXIII

—

Tumeur blanche du pied commençante. — Guérison par
l'usage de l'Eau Thermale en bains et en douches.

—

Il y a huit ans, la petite fille d'un ingénieur des ponts
et chaussées, alors âgée de 7 ans, blonde, fraîche et bien
portante, fut atteinte d'un mal de pied à l'articulation
même. « Ce mal commença par une douleur à laquelle,
« m'écrit la mère de cette enfant, mon médecin attacha
« d'abord fort peu d'importance, rien n'étant apparent. »
Mais au bout de quelques mois l'enfant eut des accès de
fièvre pendant lesquels le pied enfla et les douleurs aug-
mentèrent. Ce fut dans ces circonstances que l'on prit
l'avis d'un chirurgien autorisé dans la science, du professeur Nélaton. Voici les termes dans lesquels il rendit
le résumé de sa consultation.

« Le mal n'est pas incurable, nous espérons le guérir.
« Mais l'*os est malade* et votre patience de mère sera
« mise à une longue épreuve. Je préfère vous dire de
« suite ce qui en est, afin que si le succès ne répond pas

« à notre attente, vous sachiez du moins que rien n'a
« été négligé dans le principe. »

Le traitement prescrit et suivi, consista en applications d'emplâtres de Vigo et dans celle d'un bandage
amidonné. Au bout d'un mois le gonflement avait presque disparu. La douleur seule persistait. L'application
à deux reprises de pointes de feu eut à son tour raison de ce dernier symptôme. Cependant la petite malade ne pouvait marcher, la douleur se réveillait et l'enfant n'avait nulle confiance dans ses forces. Les Eaux de
Bagnoles furent alors conseillées ; c'était, il faut le dire,
le vrai moment. Aussi, eurent-elles cet excellent résultat de refaire complètement la santé générale, de rendre
la souplesse, la force et les mouvements à l'articulation
malade et d'achever une guérison qui ne s'est jamais
démentie. (*Observation communiquée par la mère de la
jeune personne*).

OBSERVATION LXIV

—

Arthrite scrofuleuse de l'articulation coxo-fémorale. —
Allongement du membre. — Guérison par les Eaux
de Bagnoles en bains et en douches.

—

Dans l'année 1841, le fils d'un pharmacien de Dreux, âgé d'environ 10 ans, d'un tempérament lymphatique, mais frais et d'une bonne constitution, nous fut amené à Bagnoles, souffrant depuis plusieurs mois du membre abdominal droit. La douleur était dans le genou. Mais le gonflement et la déformation étaient dans la hanche et comme le membre était allongé de près de quatre centimètres, il n'y avait lieu de se méprendre sur la nature du mal. C'était bien à ce qu'on appelait anciennement une luxation spontanée que nous avions affaire. Tous les autres symptômes existaient et c'était à peine si ce pauvre enfant pouvait faire quelques pas dans la cour à l'aide de béquilles et du soutien d'une autre personne.

Cet enfant séjourna près de trois mois ; il prit des bains d'Eau Thermale tous les jours, de quarante minu-

tes d'abord, de cinq quarts d'heure à la fin ; des douches
tièdes en arrosoir tous les trois jours, tous les deux
jours ensuite, puis enfin tous les jours. Il fallut deux
mois entiers pour obtenir une amélioration sensible.
Pendant tout ce temps le petit malade avait passé ses
journées au soleil sur les côteaux de l'Etablissement,
couché sur une espèce de hamac. Il buvait alternativement de l'Eau Thermale et de l'Eau Ferrugineuse. On le
nourrissait de viandes noires et de salades amères. Au
commencement du troisième mois, le dégorgement des
parties molles qui entourent l'articulation coxo-fémorale
était obtenu. La hanche n'était plus déformée et l'allongement du membre était réduit à un centimètre. Je substituai alors les bains de piscine à ceux de baignoire et je
permis quelques mouvements avec beaucoup de précaution.

A la fin du troisième mois, je rendis cet enfant à
son père, sans allongement du membre, sans souffrance
et pouvant marcher dans un terrain droit sans boîter et
sans souffrir.

OBSERVATION LXV

—

Arthrite chronique de l'articulation coxo-fémorale, —
Allongement du membre. — Craquements dans l'arti-
culation. — Guérison par les Eaux de Bagnoles.

—

Une demoiselle d'environ cinquante et quelques années, sèche, nerveuse, à peau blanche et à cheveux
noirs, fut prise subitement au mois de janvier, d'une
violente douleur à la hanche droite en cassant sur son
genou un morceau de bois. Depuis, elle ne cessa d'y
souffrir; la hanche se gonfla assez médiocrement, le
membre s'allongea, des craquements que la malade en-
tendait fort bien, se produisaient chaque fois qu'elle
essayait de faire quelques pas et se passaient certainement dans l'articulation coxo-fémorale. C'était au point
que cette demoiselle s'imaginait (et elle en est encore
persuadée) que la cuisse se déboîtait quelquefois et
se remettait d'elle même. Enfin, elle en vint au point de
ne pouvoir plus marcher du tout et de rester clouée dans
son lit ou dans un fauteuil.

Voyant l'inutilité de tous les moyens employés jusqu'à ce jour, on lui suggéra l'idée d'aller à Bagnoles. Le médecin qui la voyait l'y encouragea. Elle y vint au mois de juin suivant, six mois environ après le début de la maladie. Elle ne pouvait qu'à grand peine, avec le secours de deux béquilles et l'assistance d'une personne, gagner son cabinet à bains. La privation du sommeil et la perte de l'appétit l'avaient en outre considérablement affaiblie.

Elle prit dans l'Etablissement les bains d'Eau Thermale pendant vingt-quatre jours, des douches quotidiennes en pluie et en un seul jet sur le bassin, sur l'articulation malade et sur celle du côté opposé. Elle y but de l'Eau Thermale à ses repas et entre ses repas. A sa sortie, cette demoiselle ne souffrait plus du tout, pouvait marcher quoique avec précaution ; avait repris des forces, du sommeil et de l'appétit.

L'année s'est passée sans rechute et au bout de l'an une seconde saison a consolidé sa guérison.

Les raideurs et les contractures des muscles et des tendons, lorsqu'elles sont le résultat des affections rhumatismales, ou bien lorsqu'elles tiennent à des affections inflammatoires simples des articulations, trouvent aussi dans les Eaux Thermales de Bagnoles un très-grand soulagement. Plusieurs des faits consignés dans la note manuscrite du docteur Piette s'y rapportent évidemment.

La manière de donner les Eaux dans ces dernières affections ne différant pas sensiblement de la façon dont on
doit les administrer contre les rhumatismes, nous n'y re-
viendrons pas. Nous croyons devoir nous borner aux
deux observations très-probantes que voici.

OBSERVATION LXVI

—

*Raideur du genou, suite d'arthrite simple. — Guérison
par les Eaux de Bagnoles.*

—

Un individu de Flers, âgé de trente-huit ans, gras,
lymphatique et fort, était atteint d'une arthrite chronique du genou, depuis plus d'un an. Il n'existait néanmoins
qu'une très-grande raideur dans les muscles et dans les
tendons ; c'était au point que le malade ne pouvant marcher, était obligé de cesser son état de limonadier.

On avait vainement employé sangsues, vésicatoires,
liniments, etc., etc., rien n'y avait fait.

Ce malade vint à Bagnoles ces années dernières, il y
séjourna vingt-cinq jours, y prit les bains d'Eau Thermale tempérés, des douches fraîches en arrosoir et il obtint un amendement tel que la guérison radicale s'en est
suivie. (*Observation communiquée par le docteur Barbey*).

OBSERVATION LXVII

—

Raideur du genou droit, très-douleureuse, suite d'ar-
thrite chez une jeune femme lymphatique et délicate.
— Guérison rapide par les Eaux de Bagnoles.

—

Une jeune dame de trente-deux ans, lymphatique et
délicate, affaiblie et amaigrie par sa longue maladie,
ayant des fleurs blanches et pas d'appétit, était ankilosée
du genou gauche depuis deux ans, par suite d'hydrar-
throse résorbée; et atteinte au genou droit d'une arthrite
chronique, avec gonflement médiocre, mais avec douleur
et raideur dans les muscles et les tendons, telles que la
malade pouvait à peine faire quelques pas moyennant le
secours d'une béquille et d'une canne.

Cette malade gravement atteinte fut mise au traitement suivant :

Bains d'Eau Thermale à 27° Réaumur, 33° 1/2 centigrades, d'une heure de durée; Eau Thermale aux repas;
insolation prolongée entre le déjeuner et le dîner; viandes noires grillées ou rôties; salades amères; au dixième

bain, douches en un seul jet, obliques d'abord, directes plus tard, sur les membres inférieurs.

Dès la première semaine, nous observâmes une amélioration qui n'a cessé de progresser jusqu'au départ, qui eut lieu au vingt-quatrième jour. Alors, la malade qui ne pouvait marcher sans bras et sans béquille, marchait même sans canne ; avait repris une fraîcheur, un appétit, un sommeil et un embonpoint qui témoignaient aux yeux de ses amis et de sa famille ravie, une guérison qui ne pouvait manquer de se consolider chaque jour davantage.

—

De l'emploi des Eaux de Bagnoles dans la chlorose,
l'anémie et les fleurs blanches.

—

Les anciens médecins de cet Etablissemant paraissent avoir été frappés de la fréquence des guérisons qu'ils avaient observées à Bagnoles dans les
pâles couleurs et dans les aménorrhées.

« Je conseille les Eaux de Bagnoles, dit le doc-
« teur Piette, le plus souvent *avec succès,* pour
« rétablir les *règles supprimées,* en renouer l'ordre
« périodique, même pour les *hémorrhoïdes* et pour
« les *fleurs blanches.* »

J'ai vu effectivement à Bagnoles plusieurs chlo-
roses rébelles à toutes les préparations ferrugineu-

ses, s'y guérir parfaitement et rapidement. J'ai vu
même la fille d'un spécialiste de Paris, très en re-
nom pour les préparations ferrugineuses, trouver
ici une guérison qu'elle avait vainement demandée
aux talents pharmaceutiques de son père. Je donnerai cette observation.

Les chlorotiques doivent boire de l'Eau Ferrugineuse à tous les repas, rougie avec le vin de Bordeaux. Je ne suis pas partisan d'en donner entre les
repas. On doit mettre les chlorotiques aux bains de
piscine; même dans les cas rébelles, aux douches
froides hydrothérapiques. Si la réaction ne se fait
pas, on leur donne des bains de pieds très-chauds.
En sortant du bain on les fait autant que possible
essuyer rudement et rapidement avec du linge sec
et froid. Comme les dyspeptiques, ils doivent vivre
en plein air et se livrer à toute espèce d'exercices.

La seule leucorrhée qui soit vraiment curable,
est celle qui est uniquement le résultat de la faiblesse et du relâchement des tissus. Encore faut-il

que le sujet soit jeune et non épuisé. Dans ces conditions on doit espérer beaucoup. Le régime et le
traitement sont les mêmes que dans la chlorose.
Les convenances interdisant les détails, je ne donnerai que les deux observations suivantes.

OBSERVATION LXVIII

—

*État chlorotique prononcé. — Insuccès des préparations
ferrugineuses les plus usitées. — Guérison par l'Eau
de la Source Ferrugineuse en boisson et par les bains
de piscine.*

—

Une jeune demoiselle de 17 ans, grande, mince, à cheveux blonds, à peau blanche, lymphatique et délicate,
nous fut envoyée ces dernières années.

Cette jeune fille était peu réglée, toujours en retard,
d'une manière variable ; des pertes blanches appauvris-
saient la santé, en portant sur l'estomac. Cette demoiselle
ne pouvait se trouver dans un appartement fermé sans

être exposée à des évanouissements. Si elle marchait
l'oppression et l'anxiété la prenaient sur le champ et il
fallait en rester là. Elle ne mangeait que par caprice,
digérait mal, ne dormait que d'un mauvais sommeil et ne
s'estimait capable de quoique ce soit. Telle était sa situation.

Je la rassurai eu lui promettant une amélioration et
un traitement agréable. Elle fut mise incontinent aux
bains de piscine, à l'Eau Ferrugineuse en mangeant,
rougie avec de bon vin, aux viandes noires, aux salades
amères, à la vie en plein air et à l'exercice de la voiture
le plus souvent possible. Dès la fin de la seconde semaine
le mieux commença ; il fut progressant jusqu'à la fin ; si
bien que cette jeune demoiselle quitta l'établissement
avec une guérison qu'elle avait vainement cherchée ailleurs et qui ne s'est pas démentie depuis.

OBSERATION LXIX

—

*Chlorose rebelle aux ferrugineux ordinaires. — Eau
Thermale intempestivement prise. — Guérison par les
bains de piscine et par l'Eau Ferrugineuse en boisson.*

—

« Mademoiselle ***, âgée de 18 ans, était affectée d'une
« chlorose depuis plusieurs années. Cette maladie avait
« constamment résisté aux traitements les plus ration-
« nels prescrits par un médecin des plus expérimentés
« et qui pratique dans l'une des plus grandes villes de
« la Normandie, lequel désespéré de ses insuccès et à
« bout de moyens, l'envoya à Bagnoles. Après avoir fait
« usage de l'Eau Thermale en boisson et en bains tièdes
« pendant une quinzaine de jours, elle éprouva une si
« grave aggravation dans les symptômes de sa maladie
« qu'elle voulait à toute force quitter l'Etablissement
« pour aller à Forges. Je me trouvais alors à Bagnoles,
« je lui conseillai de rester, mais de changer de système,
« de prendre des bains de piscine, de boire de l'Eau
« de la Source ferrugineuse, de revenir en outre au fer

« réduit, aux amers et de continuer ainsi. En moins de
« huit jours, la malade éprouvait déjà un grand soula-
« gement ; elle ne parlait plus de partir. Loin de là, de
« son plein gré, elle resta deux mois entiers à Bagnoles.
« Rentrée chez elle dans un excellent état, sa guérison
« s'est achevée dans l'hiver suivant. » (*Observation com-*
muniquée par le docteur Gombault).

SECTION 9e.

—

De l'emploi des Eaux de Bagnoles dans la faiblesse générale et dans les troubles nerveux qui découlent de cet état.

—

La faiblesse telle que je l'entends ici, est celle qui résulte d'un appauvrissement de la constitution soit originairement délicate, soit devenue telle par les maladies, par les fatigues, par les travaux du corps et de l'esprit, par les peines du cœur, par les progrès de l'âge ou bien encore celle qui est le résultat du jeune âge; car la faiblesse que j'appellerais presque *essentielle*, s'observe fréquemment chez les enfants. Chez beaucoup de sujets la faiblesse ne tarde pas à être suivie de perturbations nerveuses très-diverses et qui varient presque sur chaque malade. Les plus communes sont des migraines, des palpitations de cœur, des oppressions, des battements à l'estomac dans le voisinage du tronc cœliaque ; chez les jeunes femmes, de l'hystérie, du nervosisme ; c'est-à-dire ce qui forme l'assemblage des innombrables maux de nerfs, vrai Protée, où la science s'égarerait dans un labyrinthe si elle se laissait aller à vouloir les décrire.

Les Eaux de Bagnoles, douces et toniques, produisant ce *remontement général* dont nous avons déjà si souvent parlé, conviennent parfaitement dans ces cas-là et dès lors, il ne faut pas s'étonner qu'elles y aient produit de très-belles et très surprenantes guérisons. Les cinq observations que je vais donner le prouveront à ceux qui pourraient en douter. Il est clair qu'elles ne font pas de miracles, le temps en est passé ; il ne faut donc pas attendre pour y avoir recours que la santé soit ruinée, la constitution usée et le sujet épuisé. Il faut, bien entendu,

que le malade retienne encore assez de force en lui-
même pour que l'économie puisse se refaire et se
réparer.

Les bains tièdes sont en général ceux qui conviennent le mieux. Quelques malades jeunes doivent
cependant être mis de préférence à ceux de piscine.
Il en est aussi quelques autres qui doivent préférer
l'Eau de la Source ferrugineuse en boisson, à celle
de la Source thermale.

OBSERVATION LXX

—

*Faiblesse générale chez un sexagénaire, suite d'abus de
la vie. — Amendement considérable par les Eaux de
Bagnoles.*

—

Un homme titré, dans l'opulence, avait éprouvé dans
sa vie beaucoup de fatigues physiques et plus encore de
peines de cœur. Il était âgé de près de 60 ans ; il avait

en outre beaucoup vécu, beaucoup aimé les femmes. Ce fut alors] qu'il ressentit des agacements et des malaises nerveux, un certain trouble de toutes les fonctions, une langueur de vie et bref un affaiblissement général, qui lui furent d'autant plus pénibles qu'il n'avait pas renoncé le moins du monde aux douceurs et aux plaisirs de l'existence mondaine. Je dois ajouter cependant qu'il était sobre; l'abus de la table n'était pas son défaut, sa constitution était originairement forte et bonne.

Il vint à Bagnoles pour la première fois, il y a environ dix-huit ans; il y prit les bains d'Eau Thermale, il y but de la même Eau à ses repas, rougie avec du vin. Une saison de vingt jours avait suffi pour lui rendre la plénitude de sa santé.

Quelques années après, atteint de nouveau des mêmes accidents et par les mêmes causes, il reprit encore les Eaux plusieurs fois et avec le même succès. Il est mort cependant de cette même maladie dans un âge très-avancé.

OBSERVATION LXXI

—

*Faiblesse générale chez une jeune femme, par suite de
couches. — Guérison par les Eaux de Bagnoles.*

—

A la dernière saison, une jeune dame, blonde, lymphatique, qui venait depuis un mois d'accoucher de son
troisième enfant, fut envoyée par son médecin à Bagnoles pour s'y rétablir d'une très-grande faiblesse, qui
avait commencé pendant sa dernière grossesse, peut-
être avant et qui allait toujours en progressant.

On ne voyait d'autre cause directe à cette faiblesse
que le tempérament de la malade et trois grossesses
successives. Cette dame pouvait à peine descendre dans
la salle à manger, restait couchée la moitié du temps,
dormait mal et mangeait peu.

Je trouvais qu'on s'était bien hâté de nous l'adresser.

Je commençai par faire prendre à cette jeune femme
des bains tempérés à 27° Réaumur, 33° 1/2 centigrades,
de vingt minutes de durée. Peu à peu, nous arrivâmes à
les très-bien faire supporter de quarante minutes. Nous

ne dépassâmes pas; il ne faut pas prolonger les bains dans la faiblesse. La malade ayant sensiblement repris, nous passâmes après dix-huit à vingt jours, aux bains de piscine; la cure se termina par dix de ces bains. Cette dame avait bu de l'Eau Thermale avec de bon vin de Bordeaux pendant les bains de baignoire; elle but de l'Eau de la Source ferrugineuse pendant les bains de piscine. Je sais que la guérison ne s'est pas démentie.

OBSERVATION LXXII

—

Faiblesse générale chez une dame de 50 ans, suite de chagrins. — Guérison par les Eaux de Bagnoles.

—

Une dame d'environ 50 ans, grande maigre et nerveuse, originairement d'une bonne constitution, veuve sans enfants, avait depuis ces dernières années perdu son mari, qui était un homme charmant, occupant une belle position et très-goûté dans la ville qu'il habitait. Cette dame en le perdant avait donc tout perdu, hors la fortune, car il lui en restait Néanmoins ce changement subit de position l'ayant surprise à l'improviste, avait porté l'atteinte la plus grave à sa santé. Elle était tombée dans une grande tristesse et si grande que ses forces en étaient déprimées au point de ne plus dormir, de ne plus manger, de ne plus rien vouloir, de n'avoir plus d'autre désir que de voir cesser une si pénible existence. C'est dans cet état qu'elle vint à Bagnoles.

J'avais connu autrefois cette dame et son mari, je m'efforçai de relever son courage abattu. Les premiers quinze jours furent très-difficiles. Cependant elle s'y fit et quand elle partit au vingt-cinquième jour, elle était dans un état satisfaisant; son esprit était dégagé, elle reprenait ses anciennes conversations, son ancien genre de vie; elle dormait, mangeait, mais, digérait à la vérité, le plus souvent avec peine. Enfin, il y avait une amélioration considérable et j'ai appris sans surprise que la guérison s'était consolidée l'année suivante, quoique cette dame ait eu encore par intervalles quelques mauvais moments. Elle avait pris à Bagnoles des bains tempérés d'Eau Thermale de 30 à 40 minutes et bu à table de la même Eau, rougie avec le vin.

OBSERVATION LXXIII

—

*Faiblesse générale attribuée par erreur à une lésion
organique du cerveau, compliquée de dyspepsie, de
découragement. — Guérison remarquable, inespérée,
par l'usage des Eaux de Bagnoles.*

—

M. ***, de Pont-Saint-Maxence, âgé de 53 ans, d'un
tempérament sanguin, nerveux cependant, grand et fort,
était atteint depuis plus d'un an de douleurs de tête
persistantes, quoique variables d'intensité, avec affaiblissement des organes de la vue et de l'ouïe et surtout
avec affaiblissement dans la motilité, surtout du côté
gauche.

« Cet état avait été précédé de douleurs rhumatis-
« males, qui avaient fini par se fixer au larynx et à la
« poitrine, ce qui avait pendant longtemps donné l'idée
« qu'il existait dans ces cavités une maladie organique
« obscure. Je copie ici les expressions même de son
« médecin. »

En mai 1865, M. le professeur Rostan, consulté, émit

l'opinion qu'il devait exister au cerveau quelque lésion matérielle qu'il ne put préciser ; que c'était là la cause des troubles de l'innervation et qu'il fallait établir en conséquence un séton à la nuque et soumettre le sujet à l'iodure de potassium. Rien de tout cela ne fut fait. Ce fut sur ces entrefaites qu'on eut l'idée d'envoyer le malade aux Eaux de Bagnoles, en juillet 1865.

Outre les symptômes rapportés prcédemment, je constatai chez M. *** qu'il existait une *dispepsie flatulente* des plus prononcées ; de l'hypochondrie ; une défiance excessive de lui-même ; un *accablement considérable,* qui lui ôtait toute *espèce de force* et la persuasion enracinée que les Eaux lui seraient inutiles. J'eus toutes les peines du monde à le convaincre du contraire, malgré les citations nombreuses de guérisons que je lui produisais ; il consentit cependant à en essayer.

Ce malade fut mis au traitement suivant : bains à 27° Réaumur, 33 1/2 centigrades, d'une heure de durée ; repos au lit pendant une heure et demie, après le bain ; exercice très-modéré avant déjeuner ; entre le déjeuner et le dîner vivre constamment en plein air ; après dîner, promenade courte et peu fatigante ; Eau Thermale en boisson, rougie avec le vin, aux repas ; entre les repas un demi-verre après le bain, le deuxième une heure avant dîner. A partir du cinquième jour j'ajoutai une douche générale en pluie de six minutes de durée, à la température de la source; au bout de quinze jours je substituai les bains de piscine aux bains de baignoire. En vingt-sept jours je rendis M. *** à ses amis, s'avouant lui-même parfaitement guéri, n'en croyant pas ses yeux, comme il le disait, et promettant de faire part de sa guérison aux personnes de son pays et de sa connaissance.

OBSERVATION LXXIV

—

Faiblesse générale, suite de saignées immodérées, avec menaces de phthysie, chez une dame de 26 ans. — Remarquable guérison par les Eaux de Bagnoles en bains et en boisson de l'eau de la source ferrugineuse.

—

En 1842, une dame de 26 ans, délicate et lymphatique, avait éprouvé quatre ans auparavant, dans une petite ville du centre de la France, une maladie aiguë, qui fut qualifiée de pneumonie. Là elle y fut saignée sur le coup et aux deux bras à la fois, jusqu'à la syncope. Son mari présent estime qu'on lui tira près d'un litre de sang dans cette circonstance. Cette dame guérit de sa maladie, mais à quel prix! Sa convalescence dura six mois, elle fut des plus pénibles; on en désespéra plusieurs fois.

Depuis lors sa santé délabrée ne cessa de donner des inquiétudes du côté de la poitrine. Une hémoptysie abondante survenue les augmenta encore. La famille alarmée crut devoir consulter deux des plus éminents praticiens de Paris, Husson et Récamier. Après un examen approfondi fait en ma présence, tous les deux reconnurent des râles sous-muqueux au sommet des poumons, un bruit respiratoire rude et court, une constitution très-délicate, bref une présomption très-grande de tuberculisation dans le sommet des deux poumons. Le pronostic fut très-grave. Un traitement *ad hoc* fut prescrit mais ne fut pas suivi. Nous étions au milieu de l'été. Je conseillai à cette dame d'essayer des Eaux de Bagnoles, d'y prendre des bains tempérés, d'y boire de l'Eau Ferrugineuse, d'y respirer à journée entière l'air balsamique des côteaux plantés d'arbres résineux. Je fus porté à lui donner ce conseil, par la considération que la faiblesse était le fait dominant de sa position et que cette faiblesse était uniquement due à une saignée exagérée.

Le résultat surpassa mon attente. Cette jeune dame retira des Eaux de Bagnoles un résultat inespéré. Après une saison de trente jours, sa santé se remit complètement et elle est depuis tellement consolidée, qu'après vingt-quatre ans cette dame continue de se bien porter.

Je termine ici cet essai dans lequel j'ai particulièrement eu pour but de faire la lumière par des
faits réels, de porter la conviction dans l'esprit des
praticiens, qui désirent trouver des notions exactes
sur des Eaux efficaces dans les cas que j'ai déter-
minés. Je suppose aussi que mon travail ne sera
pas sans intérêt pour les malades, en leur montrant
qu'il n'est pas toujours besoin d'aller si loin chercher un remède à leurs maux, un allègement à leurs
souffrances.

Sur le déclin de l'âge où je suis arrivé, touchant
au terme de ma carrière médicale, j'ai désiré payer
ce juste et dernier tribut à cette belle Source de
Bagnoles, que j'ai suivie pendant trente-cinq années. Telle est mon unique et dernière pensée.

H. LEDEMÉ.

TABLE DES MATIÈRES

OBSERVATIONS A L'APPUI

www.ingramcontent.com/pod-product-compliance
Lightning Source LLC
Chambersburg PA
CBHW051822020726
47502CB00005B/1586